GOLDMANN

Der Roman *Lucy haut ab* von Nazneen Sadiq basiert auf den Figuren und Geschichten aus der beliebten Fernsehserie *DEGRASSI JUNIOR HIGH*, die in Kanada und Amerika mehr als 35 Auszeichnungen und Preise erhalten hat. Verfaßt wurde die weltweit hochgelobte Serie von Linda Schuyler und Kit Hood.
Lucy haut ab ist der achte, in sich abgeschlossene Band einer die Fernsehserie begleitenden Romanserie.

Im Goldmann Verlag sind aus der *DEGRASSI JUNIOR HIGH*-Serie bereits die folgenden Romane erschienen:

William Pasnak, *Bühnenausgang links* (8221)
Loretta Castellarin / Ken Roberts, *Strubbel beißt sich durch* (8222)
Ken Roberts, *Bleib auf dem Teppich, Stephanie!* (8223)
Susin Nielsen, *Shane auf Abwegen* (8224)
Susin Nielsen, *Laß das Träumen, Melanie* (8225)
Kathryn Ellis, *Gebt Joey eine Chance* (8226)
Susin Nielsen, *Schwere Zeiten für Wheels* (8235)

Weitere Bände sind in Vorbereitung.

DEGRASSI

Junior High

Lucy haut ab

Ein Roman aus der Serie
DEGRASSI JUNIOR HIGH

Aus dem kanadischen Englisch von
Elisabeth Epple

GOLDMANN VERLAG

Die Originalausgabe erschien unter dem Titel »Lucy«
bei James Lorimer & Company

Deutsche Erstveröffentlichung

Der Goldmann Verlag
ist ein Unternehmen der Verlagsgruppe Bertelsmann

Made in Germany · 9/91 · 1. Auflage

Translated from the original edition published in English by James Lorimer & Company Ltd., Toronto, Canada

Umschlaggestaltung: Design Team München
Umschlagfoto: Janet Webb
Fotos im Innenteil: Janet Webb / James Lorimer & Company
Satz: Uhl + Massopust, Aalen
Druck: Presse-Druck, Augsburg
Verlagsnummer: 8236
Lektorat: Christa Marsen / AK
Herstellung: Gisela Rudolph
ISBN 3-442-08236-6

1. Kapitel

Lucy betrachtete sich im Spiegel, der in ihrem Zimmer hing. Sie wußte, sie würde dieses Schulsemester hassen. Sie haßte auch den Monat Februar. Nirgendwo geschah irgend etwas. Alles in der Degrassi Junior High war nur eine Wiederholung der alten, öden Dinge. Wen kümmerte schon die Abschlußprüfung im nächsten Halbjahr, wenn man in diesem vor Langeweile starb? Sie konnte während des Unterrichts kaum das Gähnen unterdrücken. Und sie hatte ihre Eltern satt, die ständig aus ihrem Leben hinaus- und wieder in ihr Leben hineinhuschten – meistens jedoch hinaus. Was war bloß los mit allen, sie selbst eingeschlossen? Sogar das neue Lippengloss, das sie sorgfältig auflegte, hatte eine öde, reizlose Farbe. Irgend etwas muß einfach passieren, dachte Lucy. Sie stopfte das Lippengloss in ihre Schultasche und rannte in die Küche.

Ihre Mutter saß am Eßtisch und löffelte Grapefruit-Stückchen in sich hinein. Sie blickte zu Lucy auf und verzog das Gesicht.

»Hallo, Baby. Laß dich bloß niemals gehen, sonst

mußt du so leiden wie ich jetzt.« Ihre Mutter schlug mit dem Löffel auf die Grapefruit.

Lucy sah ihre Mutter verärgert an. Sie war schlank wie eine Gerte, aber ein paarmal im Jahr machte sie ihre blöde Grapefruit-Diät – nur so für alle Fälle. Nun, es war Februar, und ihre Mutter befand sich auf ihrem »für alle Fälle«-Trip. Das war vorauszusehen gewesen.

»Wie geht's in der Schule?« fragte ihre Mutter. Sie redete in dieser nichtssagenden, unpersönlichen Art, die Lucy jedesmal auf die Palme brachte.

»Wie immer, nichts Besonderes«, murmelte Lucy.

»Bei mir wird's heute abend spät, ich habe einen Abschluß. Warum läßt du dir keine Pizza kommen?«

Lucy warf einen Blick auf den Zwanzig-Dollar-Schein, der neben ihrem Platzdeckchen lag, und zuckte hilflos mit den Schultern. Sie hatte das schon so oft mitgemacht, daß es ihr wirklich gleichgültig war. Ihre Mutter war Immobilienmaklerin und abends selten zu Hause. Ihre Karriere stieg im Moment steil an, was zur Folge hatte, daß sie jedesmal dabei sein mußte, wenn ein Haus verkauft wurde. Noch ein paar Häuser, Lucy, sagte sie immer, und dann kann ich es leichternehmen. Bis jetzt hatten sich die paar Häuser immer zu einer Menge weiterer Häuser ausgeweitet, ähnlich wie bei einer Pilzkultur, und Lucy glaubte ihrer Mutter kein Wort mehr.

Das morgendliche Wortgeplänkel sollte Lucy dafür entschädigen. Aber das tat es nicht. Das Schlimme war, daß von Lucy erwartet wurde, daß sie sich daran gewöhnte. Älter werden und selbst mit allem fertigwerden – so lief das Spiel. Das war das Schwerste für sie. Besonders, wenn sie ihre Freundinnen in der Schule von deren Abenden zu Hause erzählen hörte. Dann fühlte sie sich als Außenseiterin. Aber sie ließ sich nichts anmerken und gab sich nach außenhin cool. Niemals sollte jemand erfahren, daß im Innern der coolen Person noch jemand anderer war. Es war viel besser, von seinen Freunden bewundert, anstatt bemitleidet zu werden.

»Lucy...« Die Stimme ihrer Mutter klang sanft, beinahe entschuldigend. »Schätzchen, in dieser Woche habe ich eine Menge Verhandlungen laufen. Es ist einfach eine verrückte Zeit.«

»Ist schon okay«, erwiderte Lucy.

Als das Telefon läutete, beobachtete Lucy, wie sich das Benehmen ihrer Mutter vollkommen veränderte. Das war nicht mehr Mam, die am Küchentisch saß, sondern eine schnell sprechende Fremde, aus deren Mund Worte wie »Angebot« und »Hypothek« heraussprudelten. Lucy zupfte Stückchen von einer Bananensemmel ab und quetschte sie zu harten, kleinen Kügelchen. Sie wollte kein Frühstück, und sie hatte wieder einmal ihre Mutter verloren. Manche Dinge änderten sich nie, dachte Lucy traurig.

Warum können wir nicht alle wieder nach New York zurück, fragte sich Lucy. Dort hatte ihre Mutter sie wie eine Tochter behandelt und nicht wie irgend etwas Lästiges, was man herumschieben mußte.

»Ich glaube, ich habe sie«, kreischte ihre Mutter und knallte den Telefonhörer auf die Gabel. »Lucy, ich muß weg. Vergiß nicht, deine Hausaufgaben zu machen.«

Lucy sah ihre Mutter nicht einmal an. Sie warf die

Brotkügelchen in den Abfalleimer und stellte fest, daß es Zeit sei, in die Schule zu gehen. Vielleicht kam LD etwas früher und konnte mit ihr den Stoff in Mathematik noch einmal durchgehen. Sie schrieben heute eine Klassenarbeit, und sie hatte ihr Textbuch in der Schule vergessen. War das vielleicht absichtlich geschehen? Konnte sie Mr. Garcia damit rumkriegen? Er war solch ein autoritärer Typ. Alle waren sie autoritär, mit Ausnahme von Mr. Colby. Der war einfach nur ein Ekel. All die schlimmen Träume über seine miesen Annäherungsversuche waren vorbei. Doch noch immer lief ihr ein Schauder den Rücken hinunter, wenn sie an ihn dachte. Es war ein lausiger Anfang eines langweiligen Tages, der am Abend mit einer langweiligen Pizza enden würde.

In der Schule konnte Lucy LD nicht finden.

»Sie hat einen Arzttermin«, sagte Heather.

»So ein Glückspilz! Sie wird die Arbeit verpassen.« Erica rollte die Augen.

»Bye-bye, Mathe-Test«, sang Lucy.

»Lucy! Sag bloß nicht, daß du nichts gelernt hast!« rief Heather entsetzt aus.

»Mathe ist so langweilig«, sagte Lucy achselzukkend.

»Ist das ein neues Lippengloss?« fragte Erica.

»Yeah, aber die Farbe ist so langweilig. Hier, willst du ihn ausprobieren?« Lucy zog ihn aus ihrer Mappe.

»Ob ich ihn ausprobieren will?!« gurgelte Erica.

Lucy und Heather sahen Erica nach, die mit dem Glockenzeichen zum Beginn der ersten Schulstunde in den Waschraum rannte.

Mr. Garcia erwartete sie schon. Lucy warf einen

Blick in sein Gesicht und erkannte, daß es keinen Sinn hatte, irgendwelche Entschuldigungen vorzubringen. Es war ihr auch gleichgültig. Sie wollte nichts weiter, als irgend etwas auf das Papier kritzeln, es abgeben und dann im Waschraum verschwinden. Aber so einfach war das nicht. Alle anderen hingen mit sorgenvollen Mienen über ihren Testblättern. Mr. Garcia sah sie die ganze Zeit streng an. Es bestand überhaupt keine Chance, ihm mit einem coolen, gelangweilten Blick zu antworten.

Warum sitze ich hier in der Falle? dachte Lucy bei sich. Sie konnte sich an gar nichts von dem Stoff erinnern, den sie letzte Woche durchgenommen hatten. Glückliche LD – sie bekam einen zusätzlichen Tag, um sich auf diese verdammte Klassenarbeit vorzubereiten.

Vierzig qualvolle Minuten später, als Lucy Mr. Garcia ihre Testblätter reichte, verschlimmerte er die Sache noch.

»Lucy«, sagte er, »ich freue mich auf eine Verbesserung gegenüber der letzten Klassenarbeit.«

Einen Moment lang war Lucy danach zumute, ihm irgendeine Frechheit ins Gesicht zu schleudern. Ich freue mich auch auf eine Verbesserung, dachte sie. Ich hasse dieses bescheuerte Semester. Aber sie sagte nichts. Es würde nur zur Folge haben, daß sie in Mr. Lawrences Büro kriechen mußte.

»Wie ist es gegangen?« fragte LD in der Mittagspause.

»Gar nicht«, verkündete Lucy. »Ist doch egal.«

»Was ist denn los mit dir?«

»Ich hab's satt. Ich wünschte, ich wäre sonstwo.«

»Yeah«, sagte LD mitfühlend, »ich glaube, ich weiß, was du meinst.«

»Du hast keinen Schimmer, LD.«

»Und ob. Mein Vater spielt in letzter Zeit verrückt.« In LDs Augen trat ein besorgter Ausdruck.

»Nun, meiner ist irgendwo hinter dem Horizont verschwunden«, murmelte Lucy.

»Ich hätte nichts dagegen, gerade jetzt mit dir zu tauschen. Bei uns zu Hause ist es düster und trübselig.«

»Willst du nach der Schule mit zu mir kommen?« fragte Lucy.

»Ich kann nicht. Mein Dad will, daß ich in der Nähe des Hauses bleibe, für den Fall ...« LDs Stimme verlor sich.

»Okay, vielleicht morgen«, meinte Lucy achselzukkend. Der Gedanke an einen weiteren einsamen Abend war ihr verhaßt.

Gegen Ende des Nachmittags fand Lucy, sie hätte nun genug von der Schule. Das war verrückt, denn am Morgen hatte sie gemeint, es zu Hause nicht mehr aushalten zu können. Sie kam sich vor wie auf einer Schaukel.

Als Lucy die Eingangstür ihres Zuhauses öffnete, fand sie hinter dem Windfang eine Tonne voller Postwurfsendungen. Ihr Vater haßte Werbesendungen und pflegte alles in die Mülltonne zu werfen, ohne es überhaupt anzusehen. Aber einmal hatte er irrtümlich einige Papiere für ihre Mutter weggeworfen. Deshalb mußten sie die Sachen von nun an durchsehen.

Das würde ein langer Abend werden, denn ihre

Mutter arbeitete, und ihr Vater hielt sich außerhalb der Stadt auf. Lucy ließ den Stapel Werbesendungen auf den Tisch plumpsen. Sie strich etwas Erdbeermarmelade auf ein Croissant und mampfte es in sich hinein, während sie die Prospekte durchsah. Lauter Mistzeug, mit Ausnahme eines Farbprospektes, der eine Reise anpries. Eine langbeinige Blondine mit einem heißen rosa Bikini saß auf einem weißen Sandstreifen und sah auf einen türkisfarbenen Ozean hinaus. Am Horizont war die feine Linie einer Insel zu erkennen.

Lucy fühlte sich von dem Bild angezogen. Die blonde Frau blickte in die Ferne. Lucy kannte dieses Gefühl – genauso hatte sie den Tag in der Schule verbracht – indem sie versucht hatte, in die Ferne zu schauen, vorbei an allem, was sie umgab. Aber die Frau saß in einer Gegend, die die Bahamas hieß. Das Wort TROPENPARADIES sprang aus dem Bild heraus. Lucy seufzte, knüllte den Prospekt zusammen und warf ihn weg.

Später am Abend versuchte Lucy, eine neue Frisur auszuprobieren. Das war ein alter Trick, den sie immer anwendete, um ihre Laune zu verbessern. Aber diesmal funktionierte er nicht, sie war nicht mit dem Herzen dabei. Sie rief LD an und plauderte eine halbe Stunde mit ihr, bis sie LDs Vater im Hintergrund irgend etwas schreien hörte. Sie legten beide rasch auf. Lucy wußte, jetzt würde nichts mehr geschehen. Da konnte sie ebensogut ins Bett gehen.

Als sie im Bett saß, dachte sie, sie hätte eigentlich mit Clutch ausgehen können. Sie hatte Clutch durch ihren Freund Paul kennengelernt und sich in ihn verknallt. Die Schwierigkeit bei Clutch war nur, daß er in der einen Minute verrückt und aufregend und in der nächsten ein vollkommener Trottel sein konnte. Trotzdem, er war einer der interessantesten Jungen weit und breit. Erstens war er älter als alle anderen und ging auf die Borden High School. Und zweitens, wenn er in seinem mit Farbklecksen bespritzten Auto vorfuhr, war er sofort von allen umringt. Einige der Kids nannten ihn Mr. Action, denn er stand in dem Ruf, der Mittelpunkt jeder Party zu sein.

»Lucy, bist du noch wach?« Die Stimme ihrer Mutter trudelte die Treppe herauf.

Lucy gab keine Antwort. Es war elf Uhr, aber natürlich war sie noch wach. Sie konnte hören, wie ihre Mutter die Treppe heraufstieg.

»Tut mir leid, Schätzchen. Alles hat sich verzögert, und dann haben wir unterwegs noch etwas gegessen.« Ihre Mutter erschien in der Tür, die Aktenmappe noch unter dem Arm.

»Oh, ich weiß.« Lucy betrachtete angelegentlich das Ende ihre Bettdecke. Ihre Mutter hielt die Aktentasche hoch und verzog das Gesicht.

»Weißt du, ich hab' in letzter Zeit so viel zu tun, am liebsten würde ich aussteigen. Irgendwohin auf eine einsame Insel verschwinden.«

Lucy sah überrascht hoch. Das klang ungefähr so, wie sie sich auch fühlte.

»Wohin?« fragte sie.

»Ach, weißt du – irgendwohin. Ich hätte nur gern Zeit zum Ausspannen. Jeder braucht manchmal so etwas.« Sie kam und gab Lucy einen Kuß. »Es ist jetzt spät. Du solltest lieber das Licht löschen und schlafen.«

Das ist's, dachte Lucy, während sie ihre Mutter die Treppe hinuntergehen hörte. Das mußte die Antwort sein. Ich steige für eine Weile aus meinem Leben aus, genauso wie Mam gesagt hat. Und mit diesem beglükkenden Gedanken schlief sie sofort ein.

2. Kapitel

Mit einem Ruck erwachte Lucy am nächsten Morgen. Auch wenn sie sich an nichts Genaues erinnern konnte, so wußte sie doch, daß sie die ganze Nacht geträumt hatte. Sie versuchte, sich an irgend etwas zu erinnern. Sofort fiel ihr Wasser ein. Blasses, türkisfarbenes Wasser. Verflixt, ich denke noch immer an diesen Prospekt, den ich gestern abend weggeworfen hab' – oder war das im Traum? Sie war sich nicht sicher, aber das spielte keine Rolle, denn sie wußte genau, was sie am heutigen Tag tun würde. Sie wollte nur in die Schule gehen und jemandem davon erzählen, was sie dachte. Hoffentlich war LD in der Schule.

Zuerst einmal stand Lucy nicht wie üblich vor ihrem Kleiderschrank und überlegte, was sie anziehen sollte. Sie schnappte sich das, was sie als erstes erwischte, und rannte in die Küche hinunter. Ihre Mutter schlief noch. Neben ihrem Platzdeckchen auf dem Eßtisch lag ein Zettel. Lucy verdrehte die Augen, als sie das sah. Vermutlich wieder irgendwelche Anweisungen, weil ihre Mutter nicht nach Hause kommen würde. Nun, das spielte jetzt auch keine Rolle, denn sie hatte ihre eigenen Pläne. Sie wollte den Zettel gar nicht lesen, als sie merkte, daß eine Kreditkarte daneben lag. Die ist neu, dachte Lucy bei sich. Sie nahm den Zettel.

»Willst du nicht eine Freundin einladen und zwei Karten fürs Ballett bestellen? Du brauchst bloß meine Kreditkarten-Nummer bei der Theaterkasse anzugeben. Das kannst du telefonisch machen.

Alles Liebe, Mam.«

Lucy wußte, das war die Art ihrer Mutter, sich dafür zu entschuldigen, daß sie so viel weg war. Aber heute machte es ihr nichts aus. Sie hatte viel aufregendere Dinge im Kopf, als ins Ballett zu gehen. Auch wenn sie Ballettunterricht nahm, mochte sie modernen Jazz viel lieber – so gut kannte ihre Mutter sie! Nun, auch das schmerzte nicht mehr so sehr. Lucy packte ihr Lunchpaket ein, ließ Zettel und Kreditkarte genau dort liegen, wo sie sie gefunden hatte, und eilte in die Schule.

Als Lucy in der Schule eintraf, fand sie LD, Erica und Heather bei den Spinden versammelt. Erica las aus der Zeitung jedem der Mädchen sein Horoskop vor. Das war zu einem morgendlichen Ritual geworden. Erica war davon überzeugt, daß Horoskope immer recht hatten. Die anderen lächelten bloß und taten, als würden sie das ernst nehmen. Niemand hatte das Herz, Erica zu sagen, daß er nicht daran glaubte.

»Wie steht's mit dem Grad der Langeweile?« stichelte Heather.

»Hab' ich im Griff, ich denke, ich setze mich für 'ne Weile ab.«

»Du solltest vorher lieber dein Horoskop lesen«, sagte Erica.

LD starrte Lucy bloß an. Lucy wußte, sie warteten alle auf eine Erklärung. Der ernste Blick, mit dem LD sie bedachte, gefiel ihr gar nicht. Das war der richtige Zeitpunkt, allen einen Schock zu versetzen.

»Ich setze mich auf eine sonnige Insel ab«, verkündete sie leichthin.

»Ich weiß schon!« rief Erica triumphierend. »Deine Eltern fahren in den Osterferien mit dir weg!«

»Unsinn!«

»Was dann?« Die Zwillinge redeten gemeinsam.

»Ich hau' ganz allein ab, und niemand weiß etwas davon.«

»Unmöglich! Komm schon, Lucy, das sagst du doch bloß so.« Heather sah sie unsicher an.

»Wart's ab«, erwiderte Lucy.

»Lucy! Ist das dein Ernst?« Erica packte Lucy am Arm.

»Kommt, wir kommen zu spät zum Unterricht«, sagte LD.

Lucy ließ die anderen vorangehen und konnte hören, wie die Zwillinge miteinander flüsterten. LD sagte kein Wort zu ihr, beinahe so, als habe sie gar nicht mitbekommen, was Lucy gesagt hatte. Lucy mußte lächeln. LD hatte ganz gut gehört, sie brauchte nur einige Zeit, um zu reagieren.

In der Mittagspause traf LD kurz vor den Zwillingen mit Lucy zusammen.

»Es ist dir doch nicht ernst mit dem, was du am Morgen gesagt hast, oder?« fragte sie geradeheraus.

»Um ehrlich zu sein, doch! Ich hab' das hier alles so satt, ich mach' für 'ne Weile die Fliege.«

»Du bist verrückt.« LD sah sie verblüfft an.

»Nein, bin ich nicht«, erklärte Lucy. Sie war sehr ruhig.

»Wohin willst du? Was hast du vor?« fragte LD ärgerlich.

»Ich gehe auf eine dieser Inseln, du weißt schon ... vielleicht auf die Bahamas.«

»Und deine Eltern wissen nichts davon, richtig?«

»Richtig.«

»Und mit welchem Geld willst du das bezahlen?« LD sah sie neugierig an.

»Oh, ich denke, auch das läßt sich regeln.«

»Du bist verrückt«, wiederholte LD.

Lucy lächelte nur, und da traten schon die Zwillinge zu ihnen.

»Mach schon, erzähl«, bat Heather.

»Ich hab' noch eine Menge vorzubereiten«, erwiderte Lucy.

»Können wir dir helfen? He, das wird 'ne heiße Sache!« Erica wirbelte Lucy herum.

»Yeah, genau«, lachte Lucy und spürte, wie es in ihrem Innern aufblitzte.

»Lucy, du bist eben erst über all die Schwierigkeiten hinweg, die du mit Voula hattest«, sagte LD entrüstet.

Lucy warf ihr einen wütenden Blick zu. Warum mußte LD jetzt plötzlich diese Geschichte wieder ausgraben? Es war nur eine vorübergehende Phase gewesen, wie ihre Mutter es genannt hatte, nur so eine Art Mutprobe, in einen Laden reinzugehen und mit etwas wieder herauszukommen, was man nicht bezahlt hatte. Lucy hatte sich entschuldigt und sogar mit einer Menge Gemeindearbeit dafür bezahlt. Ihre Freundin

Voula war dabeigewesen, als man sie beim Klauen eines Pullovers erwischt hatte. Daraufhin entschieden Voulas Eltern, daß Lucy einen schlechten Einfluß auf ihre Tochter ausübte. Als nächstes hatte Lucy erfahren, daß Voula weggezogen war. Die Freundschaft zerbröckelte, aber so war das Leben eben. Wenn irgend etwas Scheußliches passierte und man geschnappt wurde, kam man halt in Schwierigkeiten, aber mit der Zeit ging alles vorüber. Sie vermißte Voula nicht einmal mehr. Wie konnte LD es wagen, ihr diesen Tag, an dem sie so aufgeregt war, zu verderben!

»Also, ehrlich...«, begann Lucy.

»Okay, okay, entschuldige«, unterbrach LD sie, als sie den verletzten Gesichtsausdruck sah.

»Na ja, ich muß gehen«, verkündete Lucy.

»Das kannst du nicht, Lucy, du hast uns noch überhaupt nichts erzählt«, protestierte Erica.

»Hör zu«, sagte Lucy zu ihr, »ich will nicht, daß du es in der ganzen Schule ausplauderst. Außerdem: Ich muß noch eine Menge Pläne machen.«

»Sie hat ja vielleicht eine große Klappe, aber diesmal wird sie sie nicht aufmachen«, sagte Heather zur Ehrenrettung ihrer Zwillingsschwester.

»Okay«, erwiderte Lucy langsam, »ich werde euch alles sagen, aber es muß unter uns bleiben.«

»Lucy!« Ericas Augen blitzten vor Entrüstung. »Ich werde keiner Seele was davon verraten!«

Nach der Schule gingen LD und Lucy zusammen nach Hause. Die Zwillinge hatten ein Meeting für das Abschlußkomitee. Als sie sich auf den Weg machten, warf Lucy einen Blick zurück auf die Degrassi Junior High. Wie scheußlich das alte Gebäude aussah! Auf einer Tropeninsel würde niemals ein solches Bauwerk stehen! Ein Schauder freudiger Erregung rieselte ihr das Rückgrat hinab. Sie stand vor dem Beginn eines neuen Abenteuers, und es sollte die gewagteste Sache werden, die sie jemals unternommen hatte! Die Wochenendzeitungen waren voller Anzeigen für Kurzreisen zu den Inseln. Und sie hatte ihre Eltern über Reisebüros sprechen hören. Ihr Vater reiste viel. Er war Systemanalytiker für eine Computerfirma, die Geschäftsverbindungen in der ganzen Welt hatte. Manchmal wurden seine Flugtickets sogar ins Haus gebracht. Sie brauchte sich bloß ins System einzuschalten. Wenn man Ballettkarten mit einer Kreditkarte bestellen konnte, konnte man das gleiche auch mit einer Ferienreise machen.

»Ich will wissen, was du vorhast«, LDs Stimme brach in ihre Überlegungen ein.

»LD, ich hau' bloß für eine Weile ab.«

»Wie kannst du ganz allein verreisen?« LD warf ihr einen verwirrten Blick zu.

»Hör zu, es ist doch keine große Sache, wenn ich eine Woche lang den Unterricht versäume.«

»Es wird eine große Sache draus, wenn sie die Polizei rufen und dich als vermißt melden.«

»Nun, das ist eben der Punkt, den ich sorgfältig planen muß. Es wird niemand geben, der mich als vermißt meldet.«

»Was wirst du wegen Geld und solcher Sachen unternehmen?«

»LD, heute ist Tag Nummer *eins*!« fauchte Lucy.

»Ich muß das alles erst ausarbeiten. Ich werde alles tun, um für eine Weile von hier wegzukommen.«

»Okay, dann machen wir, daß wir nach Hause kommen und rufen ein paar Reisebüros an«, sagte LD und beschleunigte ihre Schritte.

Lucy sah LD an und kicherte. Das war echt LD – zuerst machte sie ein Mordstheater, und dann mußte alles ganz schnell gehen – in der einen Sekunde unerbittlich, in der nächsten voller Tatendrang.

In Lucys Zimmer warf sich LD sogleich auf Lucys Bett. Lucy ging noch einmal hinunter und holte eine Tüte Kekse und die »Gelben Seiten« des Telefonbuchs. Mit beidem rannte sie wieder hinauf.

Sie schlugen das Telefonbuch unter »Reisebüros« auf. Lucy wählte die erste Nummer und fragte den Menschen am anderen Ende der Leitung, ob sie telefonisch eine Kreditkartennummer akzeptierten. Nach mehreren Anrufen stellte sie zu ihrer Freude fest, daß es die meisten taten. Manche erklärten ihr sehr geduldig alles über Ferienarrangements inklusive Vollpension. Ja, alle hatten Angebote für die Bahamas, und ob sie denn schon eine bestimmte Insel ins Auge gefaßt hätte? Da hängte Lucy kichernd ein. Es war einfach phantastisch. Die kleine Plastikkarte, die unten auf dem Tisch lag, war der Schlüssel zum Zauberreich. So einfach war das.

LD übernahm für eine Weile den Telefondienst, während Lucy die Einzelheiten in ihr Englischheft kritzelte. Ein Reisebüro beschrieb ein Februar-Sonderangebot für einen Wochenend-Trip mit drei Übernachtungen. Nachdem LD aufgelegt hatte, sah sie Lucy vielsagend an.

»Ist dir klar, daß ein Wochenende und ein geschwänzter Schultag das Problem lösen?«

»Ich weiß«, triumphierte Lucy.

»Du könntest das Wochenende bei einer von uns verbringen.«

»Ich hab' dir ja gesagt, es läßt sich machen.«

»Yeah, aber du mußt dich erst einmal davon überzeugen, daß diese Kreditkarten-Geschichte funktioniert«, gab LD zu bedenken.

»Das muß klappen«, erklärte Lucy, »es *muß* einfach.«

»Du mußt es ausprobieren.«

»Das werde ich. Willst du am nächsten Freitagabend ins Ballett gehen?«

LD machte eine Pause. »Hör zu, ich würde schrecklich gern, aber ich kann gerade jetzt meinen Dad nicht anpumpen. Ich hatte noch keine Gelegenheit, es dir zu sagen, aber letzte Woche ist in seine Garage eingebrochen worden. Er glaubt nicht, daß seine Versicherung alles abdeckt.« LD wandte sich ab, um ihre Verlegenheit zu verbergen.

»Es ist ein Bestechungsgeschenk meiner Mutter«, erklärte Lucy. »Du bist eingeladen.« Sie berührte LDs Arm. »Das mit deinem Dad tut mir leid. Mach dir keine Sorgen, ich bin sicher, er schafft es.«

»Hoffentlich. Nicht jeder ist so glücklich wie du.«

»Ich? Glücklich?« schnaubte Lucy.

»Ja«, sagte LD.

»LD, du weißt nicht alles.«

»Mag sein«, sagte LD achselzuckend, »aber bestimmt hast du mehr als die meisten Kids, die wir kennen.«

»Das denkst *du*«, erwiderte Lucy zynisch.

»Yeah, und ich hab recht. Willst du mir jetzt zeigen, wie diese Karte funktioniert?«

»Schau mir zu«, sagte Lucy.

Nachdem sie die Ballettkarten bestellt hatte, indem sie lediglich die Kreditkartennummer ihrer Mutter durchgab, war LD zutiefst beeindruckt.

3. Kapitel

»Ist es dir gelungen, Karten fürs Ballett zu bekommen, Lucy?« fragte ihre Mutter am nächsten Tag.

»Nein, aber ich mach's heute, danke.«

Lucy wandte sich ab, damit ihre Mutter den schuldbewußten Gesichtsausdruck über diese Lüge nicht sehen konnte. Sie mußte im Besitz der Karte bleiben, bis sie ihre Pläne ausgeführt hatte.

»Wen hast du eingeladen? Laß mich raten. Könnte es vielleicht LD sein?«

»Du hast recht.«

»Na, da bin ich froh. Armes Mädchen, es muß schwierig für sie sein, so ohne Mutter.« Ihre Mutter schien wirklich besorgt.

»Oh, LD beißt sich schon durch«, erwiderte Lucy.

»Das ist nicht das gleiche, Lucy«, wandte ihre Mutter ein. »Dir sollte klar sein, wie froh du sein kannst, beide Eltern noch zu haben.«

Lucy sah ihre Mutter verblüfft an. Es lag ihr schon auf der Zunge zu sagen, ja, aber LDs Vater ist wenigstens bei ihr zu Hause. Aber dann fürchtete sie, derartige Reden könnten gefährlich werden. Was, wenn ihre Mutter beschließen sollte, die Karten selbst zu bestellen, und die Kreditkarte zurückverlangte?

»Ich muß gehen, Mam. Ich muß wegen einiger Sachen früher dort sein.«

»Hör zu, Schätzchen. Daddy hat gestern abend noch spät angerufen, um zu sagen, daß sich seine Reise noch um ein paar Tage verlängern wird. Ich bin in dieser Woche derart beschäftigt, daß ich nicht einmal Zeit habe, ihn zu vermissen... wie steht's bei dir?«

»Nun, ich hab' auch ziemlich viel zu tun«, sagte Lucy, ohne direkt auf die Frage zu antworten. Dann nahm sie ihre Schultasche. »Bis später, Mam.«

Lucy ging zur Vordertür hinaus. Am liebsten wäre sie den Gehsteig entlang gehüpft. Nach der Schule würde sie zu LD gehen und auf dem Weg dahin in einem Reisebüro vorbeischauen. Erica hatte gestern abend angerufen und gesagt, daß Reisebüros alle möglichen Gratisprospekte abgeben. Die Sache entwikkelte sich großartig: Ihre Freundinnen hielten zu ihr. Es wäre ja schrecklich, wenn sie alles allein machen müßte. Auch wenn man vorgab, cool und überlegen zu sein, brauchte man manchmal wirklich Freunde.

Als Lucy zur Schule kam, sah sie Clutchs Auto davor stehen. Das Clutchmobil schien seit dem letzten Mal, als sie es gesehen hatte, noch ein bißchen wilder geworden zu sein. Eine der Seitentüren hatte eine Beule. Sobald Clutch sie entdeckt hatte, sprang er aus dem Wagen. Lucy beschleunigte ihre Schritte. Heute morgen wollte sie nichts mit Clutch zu tun haben.

»Lucy, he Lucy, warte!« rief Clutch.

Lucy blieb stehen. Sie konnte es genausogut gleich hinter sich bringen. Also drehte sie sich um und sah

Clutch auch schon auf sich zurennen. Er war ein wirklich cool aussehender Bursche. Warum mußte er sich nur manchmal wie ein Trottel aufführen?

»Lucy, ich hab' gewartet, um mit dir zu reden«, sagte Clutch.

»Worüber?«

»Was du zu mir gesagt hast.«

»Ich kann mich nicht mehr erinnern, was ich gesagt hab'.«

»Komm schon, Lucy, du hast gesagt, du willst mich nie mehr wiedersehen«, entgegnete Clutch.

»Oh, yeah. Das hab' ich so gemeint.« Lucy wandte sich ab.

»He, hör mir zu. Ich will dir was beweisen. Gib mir nur ne' Chance«, flehte Clutch.

Lucy spürte, wie sie weich wurde. Clutch sah sie eindringlich an, und es war schwer, diesem Blick zu widerstehen – vielleicht hatte er ja auch seine guten Seiten. Alles veränderte sich momentan in ihrem Leben, da konnte sie ja auch andere daran teilhaben lassen.

»Ganz so ernst hab' ich's vermutlich nicht gemeint«, sagte sie.

»Freunde?«

»Freunde.« Lucy bedachte Clutch mit einem scheuen Lächeln.

»He!« sagte Clutch.

»Was?«

»Du siehst umwerfend aus. Sogar noch besser als sonst.« Clutch machte einen Schritt auf sie zu.

Lucy lächelte. »Ich muß gehen, sonst komme ich zu spät.«

»Soll ich dich nach Hause fahren?« bot Clutch an.

»Klar«, sagte Lucy und ging.

LD stand vor der Tür von Degrassi und beobachtete sie. Sie runzelte die Stirn, als Lucy sich ihr näherte.

»Ich dachte, du kannst Clutch nicht ausstehen.«

»So schlimm ist er auch wieder nicht, LD. Außerdem, jeder verdient eine zweite Chance.« Lucy war das Gespräch unangenehm. LD konnte manchmal wirklich lästig sein.

»Ich hoffe, du ermutigst ihn nicht.«

»Er wird nichts weiter machen, als uns nach Hause fahren.«

»Vorausgesetzt, er betrinkt sich in der Zwischenzeit nicht«, schnaubte LD.

Das tat er nicht. Als Clutch nach der Schule auftauchte, plärrte zwar sein Autoradio in höchster Lautstärke, aber an seinem Atem war nichts Verdächtiges zu bemerken. Obwohl er LD mit Lucy sah, verzog er keine Miene, sprang aus dem Wagen und öffnete die hintere Tür für LD.

Lucy schwang sich auf den Vordersitz, drehte sich zu LD um und formte lautlos mit den Lippen die Worte: »Ich hab's dir ja gesagt.«

»Nun, und wo sollen wir dich absetzen, LD?« Clutch drehte sich um und grinste LD an.

»Um genau zu sein, du setzt uns beide vor dem Reisebüro ab«, sagte Lucy.

»Beide!« kreischte Clutch.

»Yeah, wir haben 'ne Verabredung«, kicherte LD.

»Oh, ich verstehe«, murmelte Clutch und warf Lucy einen enttäuschten Blick zu. Lucy drehte sich um und stierte LD wütend an. Nun bemühte sich Clutch so sehr, nett zu sein, und sie machte sich über ihn lustig.

Clutch drehte das Radio ein wenig lauter, und LD fuhr zusammen, als der hintere Lautsprecher ihr beinahe das Trommelfell aus dem Kopf pustete. Böse starrte sie Clutch an. Der hielt seinen Blick jedoch starr auf die Straße gerichtet.

»Na, wer geht denn auf Reise?« fragte er schließlich.

Lucy und LD gaben keine Antwort. LD stieß Lucy von hinten warnend in die Rippen.

»Ich muß was für meine Mutter abholen«, antwortete Lucy.

»Wenn du bloß was abholen mußt, kann ich ja warten«, meinte Clutch hoffnungsvoll.

»Nein, es könnte eine Weile dauern. Trotzdem, danke«, sagte Lucy.

Allmählich kam sie sich schäbig vor, Clutch so hinzuhalten. Als sie beim Reisebüro angekommen waren, bedankte sie sich herzlich.

»Möchtest du heute abend ausgehen?« fragte er.

»Tut mir leid«, sagte Lucy. »LD und ich müssen an einem Projekt arbeiten ... aber ich ruf' dich an«, fügte sie rasch hinzu.

»Vergiß es nicht«, bat Clutch und sah Lucy wieder vielsagend an.

»Bestimmt nicht«, versprach sie.

»Lucy«, warnte LD, »er kriegt dich wieder in die Finger.«

Lucy zuckte nur mit den Schultern. Sie winkte ihm zu, und er drückte zweimal heftig auf die Hupe, bevor er vom Randstein loszischte. LD verdrehte angewidert die Augen.

Direkt am Eingang des Reisebüros standen Regale voller Prospekte. Weiter drinnen waren zwei Schreibtische, an denen zwei junge Frauen saßen, jede mit einem Telefonhörer am Ohr. Eine davon hob die Hand und winkte Lucy und LD freundlich zu. Keines der beiden Mädchen wußte, was sie jetzt tun sollten. Das beste war, sie sahen sich die Prospekte an. Die Bilder von Inseln und glitzernden Meeren tanzten vor ihren Augen. Das war beinahe so schön, wie die Eiscreme-Behälter bei Baskin-Robins anzuschauen. Die Auswahl war überwältigend, und alle Leute auf den Bildern sahen sonnengebräunt und glücklich aus. Lucy biß sich aufgeregt auf die Lippen, und LDs Augen weiteten sich.

»Kann ich euch beiden helfen?« sagte eine Stimme.

Eine der Reisebüroangestellten hatte ihren Telefonhörer aufgelegt und bedachte sie mit einem breiten, freundlichen Lächeln.

»Komm, fragen wir sie«, flüsterte LD und schleppte Lucy mit.

»Denkt ihr an Ferien?« fragte die Angestellte.

Lucy setzte sich auf die Kante eines Sessels vor dem Schreibtisch.

»Ich denke daran, auf die Bahamas zu fahren«, sagte Lucy leichthin. »Sicherlich haben Sie dafür ein Inklusiv-Angebot?«

»Ja, massenhaft. Weißt du schon das Datum?«

»Eh... noch nicht, aber bald.«

»Nun, es gibt Angebote für eine Woche, für zwei

Wochen und sogar einige für eine Drei-Tage-Reise«, ratterte die Angestellte herunter.

»Großartig«, sagte Lucy.

»Kriegt ihr glücklichen Kids das von euren Eltern spendiert?«

»Yeah, so ungefähr«, murmelte Lucy.

»Osterferien, hm?«

»Könnte auch schon früher sein. Könnten wir einfach erst mal ein paar Informationen über die Bahamas bekommen?« Lucys Puls raste.

»Ich denke, Nassau würde euch Mädchen 'ne Menge Spaß machen. Natürlich gibt's dann auch noch die vorgelagerten Inseln«, erklärte die Angestellte. Sie ging zu den Regalen mit den Prospekten und suchte einige heraus.

»Wißt ihr was, ich gebe euch meine Karte, und wenn ihr eure Daten habt, ruft ihr mich einfach an. Hier sind einige Wochenend-Angebote für die Bahamas – tolle Gelegenheiten«, sagte sie.

Ihr Telefon läutete, und während sie sprach, gab sie Lucy noch einen Stoß Prospekte und ihre Karte.

Lucy steckte alles in ihre Schulmappe und ging mit LD hinaus. Jetzt brauchten sie nichts weiter zu tun, als zu LD nach Hause zu gehen und eine der Reisen auszusuchen. Die Entscheidung mußte heute abend fallen, denn Lucys Mutter würde morgen die Kreditkarte zurückverlangen.

4. Kapitel

Das Haus, in dem LD wohnte, lag ganz in der Nähe der Queen Street. Wann immer Lucy dorthin kam, empfand sie den Unterschied zwischen ihren beiden Straßen. LDs Straße war ziemlich seltsam: Am Beginn standen ein paar Läden, die recht unvermittelt in eine Reihe kleiner, unrenovierter Häuser übergingen. Die Garage ihres Vaters stand neben dem letzten dieser Häuschen. Lucy kannte die Garage von außen, war aber noch nie drinnen gewesen.

Beim Näherkommen sagte LD: »Ich muß schnell reinschauen, um ihm zu sagen, daß ich da bin.«

»Du meinst, du mußt dich zurückmelden?« fragte Lucy.

»Nun, seit dem Einbruch ist er ziemlich ängstlich … wahrscheinlich macht er sich um mich Sorgen«, erwiderte LD.

Lucy folgte LD zur Garage und fragte sich, warum sie nie das Gefühl hatte, daß sich ihr Vater ihretwegen Sorgen machte. Als LD auf die schäbig aussehende Tür zuging, bemerkte Lucy, daß das Fenster daneben mit Sperrholz vernagelt war. Ein paar Glassplitter ragten aus dem Fensterrahmen. LD fing ihren Blick auf. »Yeah, da sind sie reingekommen«, sagte sie bitter.

Der Eintritt in die Garage selbst versetzte Lucy einen weiteren Schock. Sie betraten einen kleinen, düsteren Raum, der fast ganz von einem verstaubten, mit allen möglichen Papieren bedeckten Tisch ausgefüllt wurde.

»Das ist das Büro«, sagte LD, ging um den Tisch herum und öffnete eine weitere Tür.

»Oh . . .«, sagte Lucy und wunderte sich, wie jemand das schmierige kleine Zimmer als Büro bezeichnen konnte.

»Komm mit. Er ist hinten – in der Werkstatt«, murmelte LD und deutete über die Schulter.

In dem großen Raum mit den Betonwänden standen zwei Autos. Bei einem stand die Motorhaube offen, das andere war durch eine Hebebühne etwas hochgefahren.

LD ging zu dem über dem Boden schwebenden Wagen und schrie: »Hi, Dad!«

»LD?« fragte eine gedämpfte Stimme unter dem Auto hervor.

Lucy trat näher zu LD heran. Sie fuhr zusammen, als ein Paar Schuhe, gefolgt von zwei Beinen, unter dem Wagen hervorglitten. LD sah sie belustigt an.

»Besuchst du deinen alten Dad«, sagte Mr. Delacorte und wischte seine mit Wagenschmiere bedeckten Hände an seiner Hose ab.

»Wir sind gerade heimgekommen.«

»Hi, Lucy«, sagte Mr. Delacorte und lächelte sie freundlich an.

»Hi«, sagte Lucy und konnte ihren Blick nicht von Mr. Delacortes großen Händen losreißen, wo ein Halbmond aus schwarzem Schmutz unter jedem Fingernagel lag.

»Ich wette, die Hände deines Vaters sehen nie so aus«, kicherte Mr. Delacorte.

Lucy grinste schwach und verlegen. Nervös sah sie LD an, aber die betrachtete ihren Vater liebevoll und absolut nicht verlegen. Sie schämt sich nicht, dachte Lucy. Sie steht zu ihrem Vater, sie liebt ihn und ist sogar stolz auf ihn.

»Wann wirst du das Fenster wieder verglasen, Dad?« fragte LD.

»Ich muß morgen das Glas holen«, antwortete Mr. Delacorte.

Er runzelte leicht die Stirn.

»Was ist, wenn sie wiederkommen?« fragte LD und sah besorgt drein.

»Ich werde ein paar Balken vorlegen. Außerdem, es gibt nichts mehr, was sie mitnehmen könnten.«

Lucy bemerkte das müde Achselzucken Mr. Delacortes. Sie wußte nicht, was sie sagen sollte. Es war seltsam, LD bei dieser Unterhaltung mit ihrem Vater zuzuhören. Sie wirkte so erwachsen und mit der Arbeit ihres Vaters vertraut. Ich weiß nicht einmal, was mein Vater in seinem Büro wirklich tut, dachte Lucy. In diesem Augenblick beneidete sie LD.

»Wollt ihr Mädchen eine Cola haben?« fragte Mr. Delacorte.

»Nein, danke«, murmelte Lucy.

»Wir nehmen uns irgend etwas im Haus. Ich weiß, du mußt wieder unter dieses Auto zurück.« LD beugte sich vor und gab ihrem Vater einen flüchtigen Kuß auf die Wange.

»Bye, Schatz. War nett, dich wiederzusehen, Lucy. LD, achte darauf, daß die Eingangstür abgeschlossen ist.«

»Okay«, sagte LD.

»Bye, Mr. Delacorte«, fügte Lucy hinzu.

Als sie draußen waren, verdrehte LD die Augen. »Er ist noch immer ein bißchen nervös.«

»Es tut mir leid, daß deinem Vater das passieren mußte«, sagte Lucy.

»Oh, er wird schon damit fertig, er ist ein großartiger Mensch«, sagte LD.

»Ich wünschte, mein Vater wäre auch so«, murmelte Lucy.

»Was meinst du damit?« Auf LDs Gesicht erschien ein überraschter Ausdruck.

»Nichts...«

»Nichts?« wiederholte LD.

»Nichts«, sagte Lucy knapp und ging ein wenig schneller als LD.

Als LD die Haustür öffnete, konnten sie das Telefon läuten hören. Es war Erica, die wissen wollte, ob sie und Heather vorbeikommen könnten. Sie wollten auch nicht eine Minute des großen Ereignisses versäumen. Warum nicht, dachte Lucy. Je mehr, um so lustiger. LD meinte, sie müsse einige Snacks anbieten, da sie nun Gesellschaft bekommen würden.

Lucy sah, wie LD den Kühlschrank öffnete und seufzte.

»Allzuviel Gutes ist da nicht drin«, sagte LD.

»Ist doch egal. Ich hab' keinen Hunger.«

»Meinst du, sie essen gern Popcorn?« fragte LD.

»Ist das nicht eine Menge Arbeit?« fragte Lucy, der LDs bekümmerter Gesichtsausdruck schrecklich unangenehm war.

»Na, ich brauche jedenfalls irgend etwas Eßbares«, murmelte LD.

Lucy wußte, LD war verlegen, weil sie in ihrer Küche keine ausgefallenen Snacks finden konnte. An der spärlich möblierten Küche und dem winzigen Haus konnte man erkennen, daß nicht viel Geld zur Verfügung stand.

»Eigentlich hätten wir am Wochenende einkaufen müssen«, erklärte LD entschuldigend, »aber dann wurde eingebrochen...«

»Ist schon okay«, sagte Lucy.

»Ich will ihn in diesen Tagen einfach nicht mit Extradingen belästigen.«

»Komm, machen wir Popcorn«, sagte Lucy. Sie wollte das Thema wechseln.

Lucy sah zu, wie LD ein wenig Öl in einen großen Topf schüttete und dann eine Tasse Maiskerne hineinwarf. Sie war verblüfft. Ihre Mutter besaß diesen elektrischen Popcorn-Apparat mit einem raffinierten Deckel, und LD hier benutzte einfach einen ganz normalen Kochtopf.

»Und jetzt kommt der große Moment«, flüsterte LD, als sie den Deckel auf den Topf legte.

Die Maiskörner zerplatzten mit kleinen Explosionen und knallten gegen den Deckel. Beim ersten Knall zuckte Lucy zusammen, und LD lachte laut auf. Die Türglocke läutete. Die Zwillinge kamen mit flatterndem Haar und glitzernden Augen hereingestürmt.

»Hast du's geschafft?« fragte Erica und warf sich auf einen Küchenstuhl.

»Wheels sagte, er hat euch mit Clutch wegfahren sehen.« Heathers Augen drückten schiere Neugier aus.

»Yeah, er hat uns zum Reisebüro mitgenommen«, erklärte Lucy.

»Das war vielleicht eine Fahrt!« schimpfte LD. »Er hat beinahe mein rechtes Ohr mit seinem Radio ruiniert.«

»LD!« protestierte Lucy.

Zum Glück meldete sich Erica wieder, die wissen wollte, was mit den Prospekten war. Lucy zog die Broschüren aus ihrer Mappe, und sie studierten sie, während sie Popcorn mampften. Lucy wußte, es war leichter, für drei Nächte wegzukommen als für eine ganze Woche. Außerdem kostete es nicht so viel.

Manchmal hatte sie gehört, wie sich ihre Mutter über die Spesenrechnungen beklagte, aber Geld war in ihrer Familie nie ein Problem gewesen. Ihr Taschengeld war höher als das ihrer Freundinnen. »Du bist unser einziges Kind, Lucy – wir möchten, daß du das Beste vom Leben hast«, sagte ihre Mutter immer. Sie brauchte nicht einmal im Haushalt mitzuhelfen. Sie hatte nichts weiter zu tun, als sich mit abwesenden Eltern abzufinden.

»Schau das an«, LD hielt Lucy ein rosafarbenes Blatt Papier unter die Nase.

SUPER-SPAR-ANGEBOT – DREI NÄCHTE FÜR $ 299 lautete die Schlagzeile. Die Reise dauerte von Freitag bis Montag nachmittag, und der Termin war nächste Woche! Lucy starrte wie hypnotisiert auf das

Blatt. Das war perfekt. Es schien, als hätte jemand diese Reise eigens für sie geplant. Sie brauchte nichts weiter zu tun, als den Telefonhörer zu nehmen und zu buchen – so einfach war das.

»Laß sehen.« Heather versuchte, über Lucys Schulter zu spähen.

»Da!« Lucy reichte Heather das Blatt.

»Du mußt eineinhalb Tage die Schule schwänzen«, sagte LD.

»Sag, daß du das Wochenende bei uns verbringst«, bot Erica an.

»Du könntest sagen, Montag ist schulfrei, deshalb kommst du erst am Montag abend nach Hause.«

»Sie werden deine Mutter anrufen, wenn du am Montag nicht in der Schule erscheinst«, warnte LD.

»Nun, dann muß ich eben dafür sorgen, daß das nicht passiert«, erwiderte Lucy.

»Ich weiß ... du könntest am Freitag eine Nachricht abgeben, daß du am Montag nicht zur Schule kommst«, warf Erica ein.

»Das sollte aber schon ein sehr überzeugender Brief sein«, murmelte Heather.

»Keine Sorge, das hab' ich früher schon mal gemacht«, sagte Lucy.

»Du hast schon eine Menge Sachen gemacht, die du später bereut hast.« LD warf Lucy einen vielsagenden Blick zu.

»Was soll das nun wieder bedeuten?« Lucy wurde wütend.

»Du weißt genau, was ich meine«, sagte LD ruhig. »Aber wahrscheinlich mache ich mir zu viele Sorgen.«

»Nun, du brauchst dir keine Sorgen zu machen, ich kann schon selbst damit fertigwerden«, fuhr Lucy LD an.

»Na, dann werd damit fertig.« LD hob nur die Schultern. Als Lucy die Augen schloß, fügte sich alles prima zusammen, und das Bild eines türkisfarbenen Meeres tauchte vor ihr auf. Wenn sie sich große Mühe gab, konnte sie sogar die Palmen im Wind rascheln hören – eine total umwerfende Vorstellung. Sie ließ alles hinter sich und entschwand in ein tropisches Paradies, genau wie die Prospekte es verhießen.

»Wirst du's machen?« fragte LD.

»Ja«, sagte Lucy. Sie griff in ihre Brieftasche und holte die Kreditkarte ihrer Mutter heraus.

»Warte eine Minute«, sagte Erica.

»Was ist?«

»Du solltest dir eine Erwachsenen-Stimme zulegen.«

»Das kann ich.« Lucy versuchte, zuversichtlich zu klingen.

»Seid alle still«, sagte LD. »Wir wollen doch nicht, daß die denken, wir sind eine Bande verrückter Kids.«

»Gute Idee«, sagte Heather und hielt Erica den Mund zu.

Lucy holte tief Atem, ging zum Telefon, das an der Küchenwand hing, und wählte die Nummer des Reisebüros. Der Anruf dauerte etwa drei Minuten. Die Reisebüro-Angestellte am anderen Ende schien keine Probleme mit Lucys Stimme zu haben. Sie wollte lediglich die Kreditkarten-Nummer und das Verfallsdatum wissen. Wollte Lucy, daß man ihr das Ticket zuschickte?

»Nein«, sagte Lucy. »Kann ich es mir am Flugplatz abholen?«

»Gewiß«, sagte die Reisebürodame, »dürfen wir um eine Kontakt-Telefonnummer bitten?« Lucy gab ihr LDs Nummer.

Mit zitternden Händen legte sie den Hörer auf. Etwas Seltsames ging in ihrem Inneren vor sich. Es war ein Gefühl, das sie schon lange Zeit nicht mehr erfahren hatte – nicht mehr seit damals, als sie den Pullover geklaut hatte. Es war eine Art krankhafter Erregung, eine Erregung, auf die ein dunkler Schatten fiel. Der Schatten blieb, bis man die Gedanken abschaltete. Nun, es war wohl besser, die Gedanken jetzt gleich abzuschalten, denn sie wollte sich ihren Plan durch nichts verderben lassen.

»Was hat sie gesagt? Was hat sie gesagt?« quiekte Erica.

»Es ist alles erledigt.«

»Oh, Mann! Lucy, du bist so cool!« rief Heather aus.

»Am nächsten Freitag bin ich weg, am nächsten Freitag bin ich weg!« Lucy klatschte sich auf die Schenkel und schaukelte vor und zurück.

»Ich glaub's erst am Freitag«, sagte LD langsam.

Da nun das Aufregendste vorbei war, verschwanden die Zwillinge. Lucy und LD blieben noch eine Weile sitzen und redeten über die Reise. Es waren noch eine Menge Überlegungen anzustellen. Keine von beiden hatte eine Ahnung, wie man zum Flughafen kam. Das mußten sie noch herausbekommen und dann überlegen, was Lucy mitnehmen sollte. Ehe sie sich's versahen, war es halb sieben. Lucy nahm ihre

Schultasche und warf alle Reiseprospekte außer dem rosa Blatt in den Abfalleimer.

»Bye, LD«, sagte Lucy.

»Wann fängt das Ballett morgen an?«

»Um acht. Komm um sieben rüber. Meine Mutter hat mir sogar Geld fürs Taxi gegeben.«

»Welch ein Luxus«, meinte LD gedehnt und warf Lucy einen schelmischen Blick zu.

Als Lucy nach Hause kam, läutete das Telefon. Es war ihre Mutter. Sie teilte Lucy mit, daß sie in einer Stunde heimkäme. Lucy legte auf und öffnete den Kühlschrank, um das Abendessen zu inspizieren, das ihre Mutter ihr vorbereitet hatte. Aber sie war nicht hungrig. All das Popcorn bei LD hatte sie satt gemacht. Und das alte nagende, erregende Gefühl kehrte zurück, jetzt, da sie allein war. Sie beschloß, Clutch anzurufen. Er nahm nach dem ersten Klingelzeichen ab, beinahe als habe er auf ihren Anruf gewartet.

»Ist LD bei dir?« fragte er.

»Nein.«

»Das wollte ich bloß wissen. Ich dachte, ihr seid vielleicht unzertrennlich oder so was.«

Lucy kicherte, und auch Clutch begann zu kichern. Sie war drauf und dran, Clutch alles zu erzählen. Aber es war noch zu früh, ihm zu vertrauen. Vielleicht würde sie es ihm nächste Woche sagen.

»Willst du morgen abend mit mir ins Kino gehen?« fragte er.

»Tut mir leid, aber ich geh' ins Ballett.«

»Ins Ballett? Magst du so was?«

»Nein... eigentlich nicht... aber es bleibt mir nichts anderes übrig«, versuchte Lucy zu erklären.

»Ich schätze, du gehst mit deinen Eltern.«

»Nein, ich gehe mit LD.« Im selben Moment, als sie das sagte, wünschte sie, sie hätte es nicht getan.

»Siehst du, ich hatte recht. Ihr seid doch unzertrennlich«, sagte Clutch. Es klang, als sei er angewidert. »Kannst du sie nicht abwimmeln?«

»Tut mir leid, Clutch. Aber das ist schon eine Zeitlang arrangiert.«

Ich rede wie ein Snob, fand Lucy. Das Telefongespräch erwies sich allmählich als Fehler.

»Okay, okay. Wie wär's mit Samstag?« fragte Clutch.

»Klar«, sagte Lucy schnell.

»Soll ich noch mal anrufen, oder ist das fest?«

»Schätze, es ist eine feste Verabredung.«

»Übrigens...«, fügte Clutch hinzu.

»Was?«

»LD ist nicht eingeladen.«

Lucy begann zu kichern, als sie auflegte.

Als ihre Mutter endlich nach Hause kam, kramte Lucy gerade in einem Berg von Sommerkleidern herum. Rasch schob sie die Sachen unter ihr Bett und rannte nach unten, um ihre Mutter zu begrüßen.

»Du hast ja gar nichts gegessen.« Ihre Mutter stand vor dem offenen Kühlschrank.

»Ich hab' mich bei LD mit Popcorn vollgestopft«, erklärte Lucy.

»Na, komm und setz dich zu mir«, sagte ihre Mutter und schob ein paar Cannelloni in die Mikrowelle.

Lucy fiel es schwer, sich zu ihrer Mutter zu setzen und eine normale Unterhaltung zu führen. Sie rechnete ständig damit, daß ihre Mutter nach der Kreditkarte fragen würde. Aber ihre Mutter plauderte über alles mögliche.

»Wenn dein Dad wieder da ist, können wir vielleicht alle drei miteinander zum Essen gehen.« Ihre Mutter stocherte lustlos auf ihrem Teller mit den Cannelloni herum.

»Yeah«, erwiderte Lucy kühl.

»Willst du nicht, Lucy?«

Lucy kämpfte den kleinen Anflug von Gereiztheit nieder und sah ihre Mutter offen an. »Ihr seid beide so beschäftigt, daß nichts, was wir gemeinsam planen, letztendlich auch ausgeführt wird.«

»Das ist nicht fair, Lucy. Es ist einfach nicht richtig, so etwas zu behaupten«, sagte ihre Mutter.

»Tut mir leid.« Lucy hob bedauernd die Schultern.

»Nun, mir auch... wir haben beide sehr anspruchsvolle Jobs, aber das bedeutet doch nicht, daß wir dich vernachlässigen«, wurde ihre Mutter verärgert lauter.

Lucy war ganz ruhig. Heute abend wollte sie wirklich keine ernsthaften Meinungsverschiedenheiten mit ihrer Mutter heraufbeschwören. Ihr gingen ganz andere Dinge im Kopf herum.

Eine ungemütliche Stille hing über dem Küchentisch, und Lucy wich dem vorwurfsvollen Blick ihrer Mutter aus. Sie spießte eine Cannelloni auf und ließ sie auf ihren Teller plumpsen, um ihrer Mutter eine Freude zu machen. Nachdem sie die Nudel eine Weile mit der Gabel auf ihrem Teller herumgeschoben hatte, fand sie, es sei Zeit, sich in ihr Zimmer zurückzuziehen.

»Ich geh' ins Bett.« Lucy stand auf.

Ihre Mutter nickte ihr nur schweigend zu. Lucy ließ rasch am Spülbecken Wasser über ihren Teller laufen und stellte ihn dann in den Geschirrspüler. Sie rannte nach oben und verschloß ihre Zimmertür. Dann zog sie den Berg von Sommerkleidern hervor, den sie unter ihr Bett geschoben hatte. Der alte, schwarze, tief ausgeschnittene Badeanzug war noch immer da. Lucy schälte sich aus ihren Kleidern und zog ihn an. Er schien gut zu passen, aber sie hatte in ihrem Zimmer keinen großen Spiegel. Also öffnete sie leise die Tür und schlich auf Zehenspitzen zum Schlafzimmer ihrer Eltern. Sie hatte bereits den halben Gang geschafft, als sie ihre Mutter heraufkommen sah.

»Lucy!« Ihre Mutter sah sie erschrocken an. »Was ist los?«

Lucy verschränkte ihre Arme schützend vor der Brust. »Ich wollte bloß sehen, ob er noch paßt.«

»Mitten im Winter?«

»Jemand wollte ihn sich ausleihen. Sie hat die gleiche Größe ... aber ich wollte ganz sichergehen«, murmelte Lucy.

»Lucy, du verleihst deinen Badeanzug nicht«, sagte ihre Mutter. »Das ist etwas sehr Persönliches.«

»Yeah, schon gut, ich hab' gesagt, ich wollte bloß mal schauen ... das ist alles«, stammelte Lucy und wich in ihr Zimmer zurück.

Schnell schloß sie die Tür. Als sie sich mit hochrotem und brennendem Gesicht dagegenlehnte, ging ein Frösteln über ihren Rücken. Hatte sie ihre Mutter täuschen können? Auf dem Gang war kein Laut zu hören, aber sie spürte, wie sich die Blicke ihrer Mutter durch die Tür bohrten. Ganz leise öffnete Lucy die Tür einen Spalt. Der Gang war leer und die Tür zum Elternschlafzimmer geschlossen. Hastig zog Lucy den Badeanzug aus und schubste ihn unters Bett.

5. Kapitel

Am nächsten Morgen verschlief Lucy. Sie konnte sich noch daran erinnern, daß ihre Mutter hereingekommen war und ihr gesagt hatte, sie solle aufstehen, aber sie war sofort wieder eingeschlafen, denn am Abend zuvor hatte sie ziemlich lange wachgelegen. Jetzt kam es ihr so vor, als hätte sie nur einen Moment geschlafen, und schon war es Zeit aufzustehen. Was für ein Mist! Als ihr klarwurde, daß sie zu spät kommen würde, wäre sie am liebsten gleich im Bett geblieben.

Da gab es noch ein weiteres Problem. Sie hatte ihre Mathematikhausaufgabe nicht gemacht, und die war heute fällig. Das Schlimmste war, vom Lehrer vor der ganzen Klasse niedergebügelt zu werden. Dieser Tag versprach eine Schinderei zu werden. Vielleicht sollte sie vorgeben, Grippe oder so was zu haben. Aber der Gedanke, den ganzen Tag allein zu Hause bleiben zu müssen, war auch nicht sehr verlockend, also rappelte sie sich hoch. Beim Zähneputzen fiel ihr auf, daß sie Ringe unter den Augen hatte. Sie würde wie ein absolutes Wrack in der Schule auftauchen. Gutes Aussehen war ebenso wichtig wie die Noten.

Von Doris, der Schulsekretärin, eine Rüge wegen Zuspätkommens verpaßt zu bekommen, war ein weiterer Stolperstein. Als Lucy schließlich zur ersten Unterrichtsstunde in ihrer Klasse erschien, waren nur noch zehn Minuten bis zum Klingeln übrig. Alle sahen sie an und grinsten.

»Wo warst du?« flüsterte LD.

»Hab' verschlafen.«

In der Zwischenpause ging Lucy in den Waschraum. Die Ringe unter ihren Augen begannen zu verschwinden. Sie holte ihren Eyeliner heraus und zog je einen Strich unter ihre Augen. Allmählich begann sie wieder wie sie selbst auszusehen. Manche der jüngeren Mädchen standen vor den Spiegeln und legten Make-up auf. Lucy sah sie an und lächelte. Sie wußte, sie machten das in der Schule, weil ihre Eltern es nicht erlaubten. Sie hatte diese Schwierigkeiten niemals gehabt. Sie konnte aus dem Haus gehen und aussehen, wie sie wollte.

Lucy verbrachte die restlichen Unterrichtsstunden in einer Art Tagtraum. Noch sechs Tage und sie saß im Flugzeug. Dann flog sie dem größten Abenteuer ihres Lebens entgegen. Noch immer waren ein paar Ungereimtheiten zu beseitigen, aber LD hatte zu helfen versprochen, und es würde schon alles klappen.

Nach der letzten Stunde ging Lucy zu ihrem Spind und holte ihre Schultasche. Dort fand sie Erica, die eifrig ein Modemagazin studierte.

»Lucy, schau.« Sie hielt ihr die Zeitschrift hin. »Hast du jemals so umwerfende Badeanzüge gesehen?«

Lucy betrachtete die Seite. Die waren wirklich umwerfend. Der Titel lautete DAS SCHÖNSTE FÜR IHRE KREUZFAHRT: Die drei Models lagen am Strand und trugen die aufregendsten Bikinis. Schillernde Stoffstückchen lagen auf gebräunter, schimmernder Haut.

»Du hättest die langen Beine dafür«, sagte Erica und bohrte ihren Finger in die Seite.

Lucy betrachtete die Badeanzüge. Für ihr Leben gern hätte sie solch einen Bikini gehabt, und Erica hatte recht, ihre Figur war genau richtig dafür. Also mußte sie irgend etwas in dieser Richtung unternehmen. Sie mußte einfach einen solchen Bikini haben, um ihn mitzunehmen. Sie schaute am Seitenende nach, wo sie verkauft wurden, aber es war ein amerikanisches Magazin, und die angeführten Läden befanden sich alle in New York.

Sie gab Erica die Zeitschrift zurück, drehte sich zu ihrem Spind um, zog ihre Sachen heraus und knallte die Tür zu. Dann rannte sie davon. LD wartete an der Eingangstür auf sie.

»Ich hab' das phantastischste Ding gesehen, was man sich vorstellen kann«, berichtete Lucy begeistert.

»Was denn?«

»LD, meinst du, ich würde in einem Bikini gut aussehen?«

LD sah sie an, als sei sie übergeschnappt, verschränkte die Arme über der Brust und wartete auf eine Erklärung.

»Erica hatte eine Modezeitschrift. Da waren ein paar tolle Badeanzüge drin. Ich brauche für meinen Trip auch etwas in der Art«, verkündete Lucy.

»Yeah, und einen Nerzmantel.« LD sah nicht sehr überzeugt aus.

»Im Ernst«, sagte Lucy. Sie folgte LD die Treppe hinunter.

»Nun, Lucy, ich kenne mich mit Kleidung nicht so gut aus wie du.«

»Na, ich kenne mich schon aus«, sagte Lucy heftig. »Ich kann diesen langweiligen schwarzen Badeanzug unmöglich tragen.«

»Ich hoffe, du denkst nicht daran...«

»Nein, tue ich nicht«, beruhigte Lucy sie. Wußte LD nicht, daß sie mit Ladendiebstahl ein für allemal nichts mehr zu tun haben wollte?

»Zum Thema Kleidung – was sollen wir heute abend anziehen?« fragte LD.

»Was du willst«, erwiderte Lucy, die wußte, daß LD keine große Auswahl an modischer Kleidung besaß.

»Vielen herzlichen Dank... ich schätze, ich finde etwas... Ich komm' nach dem Abendessen zu dir.«

Lucy raste nach Hause. Ihre Mutter war nicht da, also konnte sie den Berg Sommerkleider, der unter ihrem Bett versteckt war, hervorholen und Sachen für ihren Trip auswählen. Die Ballettvorführung begann erst um acht, sie hatte also jede Menge Zeit. Sie wollte auch noch einmal beim Reisebüro anrufen und sich für alle Fälle davon überzeugen, ob es mit ihrer Buchung geklappt hatte. Die Angestellte versicherte ihr, die Reise sei gebucht. Sie mußte zwei Stunden vor dem Abflug am Flugplatz sein.

Lucy holte sich eine Tüte Chips aus der Küche und eilte hinauf in ihr Zimmer. Ihre Sommerkleider boten ein wildes Durcheinander. Sie besaß alle möglichen

Arten von Shorts, abgeschnittene Jeans, massenhaft knapp sitzende Tops und sogar einen langen, fließenden indischen Musselinrock. Einzig der einteilige Badeanzug war ihr ein Dorn im Auge. Nachdem sie die Bikinis gesehen hatte, paßte er einfach nicht mehr in ihr Konzept.

Ihre Mutter machte keinerlei Schwierigkeiten, wenn man sie für den Kauf von Kleidung um Geld bat. Aber es würde sehr schwer zu erklären sein, warum sie sich mitten im Winter einen Bikini kaufen wollte. Also mußte sie sich eine Ausrede einfallen lassen. Morgen früh wollte sie die Läden abklappern; wenn es sein mußte, würde sie sogar zum Eaton Centre gehen. Es gab Millionen von Kleidergeschäften, und sie konnte den ganzen Tag damit verbringen, nach einem Bikini zu suchen, und dann am Abend mit Clutch ins Kino gehen.

Sie brauchte auch noch einen Koffer. Im Keller, wo ihre Eltern alle derartigen Dinge aufbewahrten, fand sie aber nur große Koffer. Offenbar hatte ihr Vater den kleinen mitgenommen. Das einzige, was ein bißchen kleiner war, war ihr Matchsack aus dem Schullager. Er war vollgepflastert mit Stickers und lustigen Sprüchen. Ich gehe ja nur für drei Tage, sagte sich Lucy, dafür ist er ideal.

Da fiel Lucy ein, wie gut gekleidet ihre Mutter immer war. Selbst auf Reisen sah sie adrett aus. Was würde das für einen Eindruck machen, wenn sie im Tropenparadies mit einem Matchsack erschien! Vielleicht hatten die Zwillinge einen respektabler aussehenden Koffer. Die äußere Erscheinung – sie entwickelte sich allmählich zu einer Falle. Ein Teil von

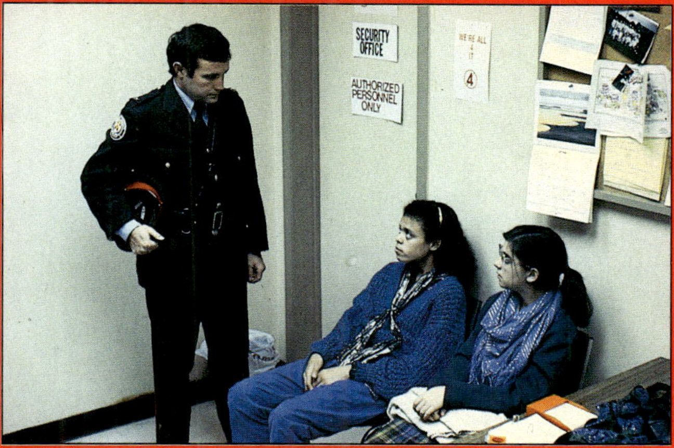
SECURITY
OFFICE
AUTHORIZED
PERSONNEL
ONLY

BORDEN HIGH BULLETIN
HOMEROOMS
COUNCIL

Lucy haßte diese Falle, denn sie schien einen Großteil ihres Lebens zu bestimmen. Aber sie hatte sich diese Falle selbst gestellt, hatte sie sorgfältig Lage um Lage aufgebaut. Irgendwo tief in ihrem Inneren mußte eine andere Lucy verborgen sein. Oder machte sie sich selbst nur etwas vor? Warum paßte die äußere Erscheinung niemals genau zu dem, was sie in ihrem Inneren fühlte? Sie wollte frei sein – oder einfach nur sorglos? Während ihr diese verwirrenden Gedanken im Kopf herumgingen, marschierte sie mit ihrem Matchsack wieder nach oben.

Als LD um sieben erschien, trug sie ihre besten Sachen. Sie brauchte wirklich etwas Make-up und Ohrringe, dachte Lucy.

»Ich hab' einen großartigen Schal, der zu deinem Pullover paßt«, sagte sie und schleppte LD in ihr Zimmer hinauf.

»Lucy, ich will wirklich nichts anderes – das ist zu aufgetakelt«, protestierte LD.

»Komm, LD«, sagte Lucy streng, »willst du nicht wenigstens deinem Alter entsprechend aussehen?«

Eine halbe Stunde später betraten Lucy und LD das O'Keefe Centre. Das Foyer war gerammelt voll begeisterter Menschen, die gekommen waren, um die russische Ballett-Truppe zu sehen. Lucy und LD bahnten sich ihren Weg zum Karten-Schalter. Es war ganz einfach. Die Tickets lagen für sie in einem kleinen weißen Umschlag bereit. Sie brauchten weder zu unterschreiben, noch die Kreditkarte ihrer Mutter vorzuweisen.

Die Ballettaufführung war beeindruckend. Einer der Tänzer sah aus wie Clutch, und die Bühnenbilder wirkten atemberaubend. Lucy entdeckte, daß sie jede Minute genoß.

Zu Hause erwartete ihre Mutter sie. »Hattet ihr beiden einen schönen Abend?« fragte sie.

»Yeah, es war großartig.«

»Erinnerst du dich, daß du mit mir den ›Nußknakker‹ angesehen hast, als du noch klein warst?«

»Ich glaube nicht.«

»Nun, wir waren zusammen dort«, sagte ihre Mutter. »Du warst damals ungefähr neun.«

»Na ja, das ist ja auch schon ziemlich lang her«, sagte Lucy. Sie bedachte ihre Mutter mit einem kühlen Blick und hatte die Genugtuung, daß ihre Mam zur Seite sah.

In diesem Augenblick dachte Lucy, wenn es Mam nichts ausmachte, sechzig Dollar für Ballettkarten auszugeben, würde sie über weitere dreihundert Dollar auch kein großes Theater machen.

»Weißt du was? Ich bin übers Wochenende bei den Zwillingen eingeladen«, sagte Lucy.

»Wann?«

»Nächstes Wochenende, und es gibt auch noch eine Geburtstagsparty.«

»Oh, wie schön für dich«, rief ihre Mutter. »Ich nehme an, du mußt ein Geschenk besorgen.«

»Zwei Geschenke. Vergiß nicht, es sind Zwillinge«, sagte Lucy, ohne mit der Wimper zu zucken.

Nach der ersten Lüge schienen alle weiteren einfach so herauszupurzeln. Lucy hatte das Gefühl, keine Kontrolle mehr über das zu haben, was sie sagte. Aber es klappte, ihre Mutter hatte keine Ahnung von dem, was vor sich ging. Und genau das war es, was Lucy wollte.

6. Kapitel

Kaum war Lucy am nächsten Morgen aufgewacht, sprang sie auch schon aus dem Bett. Das würde ein wundervoller Tag werden. Sie wollte sich heute einen Bikini aussuchen. Ihre Mutter hatte ihr sogar angeboten, sie zum Eaton Centre zu fahren. Lucy sagte, sie würde sich dort mit LD treffen. Das war wieder eine Lüge. Sie wollte nur nicht, daß ihre Mutter in der Nähe war, während sie sich einen Bikini aussuchte.

Es war Samstagmorgen, und ihre Mam hatte in der Küche alle möglichen Töpfe und Pfannen auf der Anrichte stehen.

»Wie wär's mit Eiern Benedict?«

»Prima«, erwiderte Lucy.

»Dein Dad hat mir die am Anfang unserer Ehe immer gemacht«, sagte ihre Mam.

Lucy wußte, ihre Mutter fühlte sich durch das geschäftige Leben, das sie führte, gestreßt. Warum leben sie bloß so verrückt, dachte Lucy. Die meiste Zeit schienen sie voneinander und von ihr getrennt zu sein. Wenn ihr Dad nach Hause kam, brachte er immer für jede ein tolles Geschenk mit, aber das entschädigte niemanden für alles andere, was sie vermißten. Ich werde nicht so, wenn ich einmal erwachsen bin, schwor sich Lucy insgeheim.

Und noch etwas war schrecklich. Sie hatten in Toronto überhaupt keine weiteren Familienangehörigen. Alle ihre Verwandten lebten in New York. LD hatte eine Menge Tanten und Cousinen. Die Zwillinge hatten eine wirklich supermoderne Großmutter, die Bingo spielte, und wenn sie den Jackpot gewonnen hatte, die Zwillinge in eine Buchhandlung schleppte, wo sie klassische Romane kaufen mußten – keine schnulzigen, heißen, romantischen Taschenbücher, sondern richtige Bücher. Auch wenn sich die Zwillinge über die Bücher beklagten, wußte Lucy, daß sie ihre Großmutter anhimmelten. Lucy hatte ihre Großeltern das letztemal vor drei Jahren gesehen. Sie lebten in Florida in einem schachtelähnlichen Apartment und wollten nicht mehr auf Reisen gehen. Ein Besuch bei ihnen bedeutete also immer eine Familienreise, aber ihre Eltern waren in letzter Zeit immer viel zu beschäftigt dafür gewesen.

»So, hier«, sagte ihre Mutter und servierte ihr einen Teller voll köstlich aussehender Eier mit Soße.

Lucy war zu aufgeregt, um hungrig zu sein, aber sie aß die Eier trotzdem. Sie waren wirklich nicht schlecht. Es war ein bißchen so, als würde man am Morgen zu Abend essen. Ihre Mutter konnte eine recht phantasievolle Köchin sein, wenn sie zu Hause war.

Nach dem Frühstück stiegen sie ins Auto, und ihre Mutter setzte sie vor dem Eaton Centre ab.

»Lucy...« Sie hatte einen besorgten Gesichtsausdruck.

»Ja«, sagte Lucy und öffnete die Autotür.

»Schätzchen, sei bitte vorsichtig. Sieh zu, daß du nicht in Schwierigkeiten kommst.«

Lucy warf ihrer Mutter einen vorwurfsvollen Blick zu. Sie dachte anscheinend noch immer an den Ladendiebstahl, aber das war vorbei, hatte sie ihr das nicht bewiesen?

»Keine Sorge, Mam«, sagte sie und knirschte mit den Zähnen.

»Ich mach' mir keine Sorgen«, sagte ihre Mam – allzu schnell.

Das Eaton Centre war vollgestopft mit Samstags-Einkäufern. Alle Schaufenster schienen vor Farben und Formen buchstäblich zu bersten. In einigen der kleineren Boutiquen gab es ganze Abteilungen voller Badesachen. Als Lucy an einem Ständer herumdrehte, erschien eine Verkäuferin. Sie trug als Ohrringe Trauben aus Kristallen, und in einem Ohrläppchen steckten mindestens fünf kleine Diamanten. Ihr winziger Minirock und die Jacke sahen aus, als seien sie aus Gummi, und die Absätze ihrer schwarzen Schuhe waren mindestens zwanzig Zentimeter hoch.

»Ich zeig' dir etwas Sensationelles«, gurrte sie und zog einen lavendelfarbenen, silbern eingefaßten Bikini hervor.

»Der hier ist wie für dich gemacht.« Sie strahlte die potentielle Kundin an.

Lucy blickte auf den mikroskopisch kleinen Bikini, der an einem Kleiderbügel baumelte. Er sah allerdings sensationell aus.

»Komm, probieren wir ihn an.« Die Verkäuferin ging auf eine der Umkleidekabinen zu.

Lucy betrat die Kabine und zog den Vorhang zu. Die Verkäuferin blieb draußen. Das war nun wirklich ein wilder Bikini. Lucy kam sich vor, als hätte sie überhaupt nichts an. Sie ähnelte ein wenig den Models auf den Reiseprospekten. Ihre Beine wirkten länger, als sie sie in Erinnerung hatte. In dem knappen Oberteil wirkte ihre Brust größer. Erica hatte recht gehabt, ihr diese Modezeitschrift zu zeigen. Sie konnte wirklich einen Bikini tragen! Wenn sie sich nur nicht so nackt vorkommen würde!

»Darf ich sehen?« rief die Verkäuferin von draußen.

Plötzlich schämte sich Lucy. Aber die Verkäuferin hatte den Vorhang bereits beiseite gezogen.

»Umwerfend!« Ihre Augen weiteten sich.

»Ich bin mir nicht ganz sicher«, sagte Lucy. Die Vorstellung, diesen Bikini in der Öffentlichkeit zu tragen, machte sie nervös.

»Nicht sicher!« Die Verkäuferin sah erschrocken drein. »Du wirst alle umhauen!«

Das war etwas, was Lucy sich vorstellen konnte. In der Schule machte sie das gern – irgend etwas Verrücktes tragen, damit alle Mädchen in Degrassi darüber redeten.

»Fährst du in den Süden?«

»Yeah, in ein Tropenparadies«, kicherte Lucy.

»Hör zu, jeder Bursche am Strand wird vor Bewunderung sterben«, erklärte die Verkäuferin.

»Meinen Sie?« fragte Lucy.

»Vertraue mir, vertraue mir.« Die Verkäuferin zog sich aus der Umkleidekabine zurück. »Bleib da. Ich habe einen großartigen Wickelrock, der dazu paßt.«

Zehn Minuten später stand Lucy mit einer winzigen Plastiktüte vor dem Laden, in der sich der lavendelfarbene, silbern eingefaßte Bikini befand. Sie hätte den Wickelrock auch gerne gekauft, aber dafür hatte sie nicht genügend Geld. Dies war das erstemal, daß Lucy sich von jemandem dazu hatte überreden lassen, etwas zu kaufen. Die Verkäuferin hatte etwas so Außergewöhnliches an sich gehabt, und darüber hinaus hatte sie Lucys Figur bewundert. Sie schien beinahe ein wenig neidisch gewesen zu sein, und das war ein noch nie gekanntes Gefühl.

Lucy holte einen Vierteldollar heraus und rannte zur nächsten Telefonzelle. Sie rief LD an.

»Du wirst nicht glauben, was ich gerade gekauft habe.«

»Neue Klamotten, du verwöhnter Fratz.«

»LD, ich habe soeben einen umwerfenden Bikini gekauft«, flüsterte Lucy ins Telefon.

»Wie sieht er aus?«

»Ziemlich klein, aber hinreißend.«

»Ich will ihn sehen... wann wirst du zu Hause sein?«

»LD, ich bin angeblich mit dir zusammen, du kannst also nicht einfach aufkreuzen.« Lucy kam bei der Erklärung beinahe ins Stottern.

»Ach ja?«

»Yeah, ich mußte ihr doch irgend etwas sagen.«

»Ich begreife nicht, wie du deine Mutter dauernd anlügen kannst«, sagte LD vorwurfsvoll.

»Was meinst du?«

»Nichts... Ich meine bloß, ich könnte es nicht – das ist alles.«

»Willst du mir etwa eine Strafpredigt halten?« fragte Lucy und war in diesem Moment richtig sauer auf LD.

»Nein, eigentlich nicht«, erwiderte LD etwas widerstrebend.

»Na, vielen herzlichen Dank«, sagte Lucy spöttisch.

»Warum kommst du heute abend nicht bei mir vorbei?« schlug LD vor.

»Ich kann nicht, ich gehe mit Clutch ins Kino.«

Lucy konnte beinahe hören, wie sich in LDs Gehirn kleine Rädchen drehten. Nach einer Weile sagte LD: »Okay, wir reden morgen darüber.«

Lucy trieb sich noch eine Weile im Eaton Centre herum. Ihr Einkauf hatte nur zwanzig Minuten gedauert, und sie wollte noch nicht nach Hause. Also kramte sie in einigen der anderen Läden herum und mußte dabei feststellen, daß man Schwierigkeiten mit den Angestellten bekommen konnte, wenn man nichts kaufte.

Als sie nach einer Stunde genug hatte, fuhr sie mit dem Bus nach Hause. Als erstes wollte sie natürlich den Bikini noch einmal anprobieren. Glücklicherweise war ihre Mam noch nicht zu Hause. Lucy ging ins Elternschlafzimmer und schloß die Tür. Sie schälte sich aus ihren Kleidern und probierte den Bikini an. Er sah noch genauso gut aus wie im Laden. Sie wirkte auch nicht mehr so nackt, fand sie – man konnte sich an alles gewöhnen, wenn man es mehr als einmal machte.

Sie zog den Bikini wieder aus und steckte ihn in den Matchsack unter ihrem Bett. Natürlich brannte sie darauf, Erica anzurufen und ihr davon zu erzählen.

Aber die Zwillinge waren nicht da, als sie anzurufen versuchte. So kramte Lucy gedankenverloren im Toilettentisch ihrer Mutter herum, probierte deren Make-up und Schmuck aus, bis sie hörte, wie ihre Mutter zurückkehrte.

»Wie war der Einkaufsbummel, Lucy?« fragte ihre Mam.

»Oh, großartig, einfach großartig.«

»Darf ich sehen, was du gekauft hast?«

»Oh ...« Lucy erschrak zu Tode.

»Na, was hast du denn gekauft?« fragte ihre Mutter.

»Oh ... LD hat es mitgenommen ... sie hat immer so tolle Einfälle ... ich meine, beim Päckchenpacken«, stotterte Lucy.

»Nun ... was ist es denn?«

»Wir haben ihnen Bikinis gekauft, lavendelfarben und silber«, sagte Lucy sehr langsam.

»Oh, ihr Mädchen«, lachte ihre Mutter und überraschte sie damit vollkommen.

»Ich hole mir etwas zu trinken«, sagte Lucy und ging Richtung Küche.

Sie war ein bißchen außer Atem, und ihre Handflächen schwitzten. Noch nie zuvor hatte sie so rasch überlegt. Jetzt mußte sie daran denken, was LD über das Lügen gesagt hatte. Was war eigentlich mit LD los? In der einen Minute war sie eine echte Freundin, in der nächsten wurde sie richtig schnippisch. Seit dem Einbruch in die Werkstatt ihres Vaters war sie nicht mehr sie selbst. Oder war sie nur neidisch? Was Lucy an der ganzen Sache so aufregte, war, daß LDs Bemerkungen Schuldgefühle in ihr weckten. LD wußte ja nicht, daß Lucy einfach nicht aufhören konnte zu lügen – eine rasch erfundene Geschichte nach der anderen und das prickelnde Gefühl, vielleicht ertappt zu werden. Aber ihre Mutter war so mit ihrem eigenen Leben beschäftigt, daß sie beinahe alles glaubte. Nun, zum gegenwärtigen Zeitpunkt paßte Lucy das recht gut.

Als etwas später am Abend Clutch vor dem Haus vorfuhr, wurde Lucy ein bißchen nervös. Sie wollte nicht, daß ihre Mam das Clutchmobil vor dem Haus stehen sah. Sie hatte ihrer Mutter noch nicht allzuviel von Clutch erzählt. Ihre Freunde von Degrassi waren okay, aber jemand, der beinahe achtzehn war und in die Borden High ging, könnte selbst für ihre Eltern schwer verdaulich sein. Auch hatte sie das Gefühl, daß ihre Mam Clutch nicht besonders mögen könnte.

Lucy rannte hinauf in das Zimmer ihrer Mutter, steckte den Kopf hinein und fragte: »Wirst du heute abend zu Hause sein?«

»Lucy, ich muß einige Kunden eine Zeitlang herumführen, aber ich bleibe nicht lange weg.«

»Oh, das ist schon okay. Ich gehe ins Kino.«

»Ich hoffe, es ist ein Kino in der Nachbarschaft.«

»Ich weiß nicht, Mam. Wir haben uns noch nicht entschieden ...«

»Soll ich dich irgendwo hinfahren?« fragte ihre Mutter.

»Ich treffe mich mit den anderen an der Ecke.«

»Vielleicht können wir uns später etwas vom Chinesen zum Essen kommen lassen.«

»Klar ... bye, Mam.«

Lucy rannte hinunter und verließ das Haus. Clutch grinste ihr schon aus dem Auto entgegen.

»Was wollen wir uns anschauen?« fragte Lucy, als sie ins Auto schlüpfte.

»Wie wär's mit dem neuen Eddie-Murphy-Film?«

Lucy lächelte Clutch an. »Klar«, sagte sie, »das wäre super.«

7. Kapitel

Es war keiner der üblichen Tage an der Degrassi Junior High. Während Lucy sich bei Mr. Garcia einer unerfreulichen Strafpredigt wegen ihrer verpatzten letzten Mathematikarbeit unterziehen mußte, führten ihre Freundinnen eine Unterhaltung, die ihr einen Schlag versetzt hätte.

»Weißt du, LD«, sagte Heather, als sie sich ihre Turnschuhe für die Gymnastikstunde am Montagnachmittag zuschnürte. »Erica und ich haben das ganze Wochenende über Lucy geredet.«

LD zog ihre Turn-Shorts an und setzte sich neben Heather. Sie mußten in zwei Minuten im Turnsaal sein, aber Heather guckte so seltsam.

»Wir glauben, was sie tut, ist nicht ganz richtig«, fuhr Heather fort.

»Was willst du damit sagen?« fragte LD.

»Es ist beinahe so schlimm wie Ladendiebstahl.«

»Du bist eine großartige Freundin!« zischte LD.

»Das ist nicht fair«, protestierte Heather.

»Du und Erica, ihr wart doch diejenigen, die vor Begeisterung ganz aus dem Häuschen waren.«

Heather gab keine Antwort. LD hatte recht, sie waren alle begeistert gewesen, hatten sich von Lucys Plänen mitreißen lassen. Am liebsten wären sie alle mitten in diesem elenden Februar auf eine sonnige Insel geflogen – Lucy machte es tatsächlich. Vielleicht stellvertretend für sie alle. Aber sie ermutigten sie auch, etwas Unrechtes zu tun.

»Wir werden zu spät kommen«, sagte LD, stand auf und schoß einen kühlen Blick auf Heather ab.

»LD, treffen wir uns nach der Schule, bitte ... ich muß wirklich mit dir darüber reden.«

»Ich warte an der Treppe!« rief LD über die Schulter und ging weiter.

Nach der letzten Stunde suchte LD die Zwillinge, die in der Nähe der Eingangstreppe auf sie warteten.

»Nicht hier«, sagte LD und ging hinter das Schulgebäude. »Ich will nicht, daß Lucy plötzlich aufkreuzt.«

Die Zwillinge sahen recht unglücklich drein. LD konnte unerbittlich sein.

»Okay, Heather, was habt ihr vor?«

»Ich glaube, wir haben ein bißchen Angst«, mischte sich Erica ein, instinktiv ihre Zwillingsschwester schützend.

»Was ist, wenn sie erwischt wird, wenn wir alle erwischt werden«, platzte Heather heraus.

»Hör zu, Lucy hat alles genau geplant ... und wir haben zu helfen versprochen.« LD sah nicht wütend, sondern nur etwas ratlos aus.

»Nun, wir wollen ja nicht kneifen ... aber wir haben einfach das Gefühl, daß es nicht richtig ist.«

»Du redest, als hättest du bereits gekniffen«, fuhr LD sie an.

»LD, Lucy stiehlt zwar nichts aus einem Laden, aber sie bestiehlt ihre Eltern.« Heathers Gesicht war hochrot.

»Das macht ihnen nichts aus, sie verschwenden sowieso tonnenweise Geld für sie«, erwiderte LD.

»Yeah, dann hätte sie ja darum bitten können... oder?« meinte Erica.

»Das glaube ich wieder nicht«, murmelte LD und warf beiden einen irritierenden Blick zu.

»Wir wissen wirklich nicht, was wir tun sollen«, sagte Heather und sah ziemlich unglücklich drein.

»Ich will euch sagen, was ihr tun sollt«, verkündete LD, und jetzt sah sie wirklich wütend aus. »Ich hatte mit dieser Geschichte auch meine Probleme. Aber ich weiß, daß man seine Freunde niemals im Stich läßt, wenn man ihnen einmal sein Wort gegeben hat.«

»Wir wollen Lucy ja nicht im Stich lassen«, sagten die Zwillinge rasch.

»Sie verbringt angeblich das Wochenende bei euch, bedenkt das!«

»Yeah, tun wir ja auch, aber wir dachten, wir könnten vielleicht darüber reden...«, sagte Heather.

»Da gibt es nichts mehr zu reden. Wenn ihr kneifen wollt, sagt es mir rechtzeitig, denn Lucy verläßt sich auf euch«, erinnerte LD sie.

»Wir kneifen nicht, und wage es ja nicht, Lucy etwas davon zu verraten«, sagte Erica mit unterdrückter Stimme.

»Wovon?« fragte eine Stimme hinter ihnen.

Alle drei fuhren herum. Es war Lucy, die soeben erschienen war.

»Ich hab' überall nach euch gesucht, was ist los?«

Erica und Heather blickten schuldbewußt drein, und LD sah wütend aus. Ich wette, die haben über Clutch geredet, dachte Lucy. Keine war sehr erbaut davon, sie mit ihm zusammen zu sehen. Außerdem sahen sie so betroffen aus, daß sie vermutlich recht hatte.

»Habt ihr über Clutch geredet?« fragte Lucy und grinste breit.

»So ähnlich«, murmelte LD erleichtert.

»Wir müssen gehen«, sagten die Zwillinge, froh darüber, entwischen zu können.

»Erica, wartet nur, bis ich euch gezeigt hab', was ich am Samstag gekauft habe!« schrie Lucy ihnen nach.

»Okay, ruf uns später an!« schrie Erica zurück.

LD ging neben Lucy her und hörte ihr kaum zu. Sie war in ihre eigene Gedankenwelt versunken. Nicht nur die Zwillinge stellten Überlegungen an, aber das konnte sie ihnen nicht gestehen. Lucy war ihre beste Freundin, und sie wäre eher gestorben, als sie im Stich zu lassen. Nun war sie gefangen in ihren eigenen Überlegungen. Sie wußte nur, daß ihre Freundschaft auf die Probe gestellt wurde. Lucy wäre entsetzt, wenn sie es wüßte.

»Du hast kein Wort von dem gehört, was ich gesagt hab'«, ertönte Lucys Stimme an ihrer Seite.

»Doch, hab' ich schon«, erwiderte LD.

»Und was hältst du davon?«

»Prima«, nickte LD und gab vor, alles gutzuheißen, was Lucy gesagt hatte.

»Ich werd's heute abend tun«, verkündete Lucy.

»Warum heute abend?« fragte LD und überlegte, was es wohl sein könnte, was Lucy tun wollte.

»Weil mir nur noch drei Tage bleiben.«

»Wie konnte ich das vergessen!«

»Außerdem, ich glaube, ich kann ihm vertrauen. Willst du auch mitkommen?« Lucy sah LD zögernd an.

»Wohin?« sagte LD und gab es auf.

»Zum Flugplatz, du Dummkopf. Clutch wird uns fahren«, sagte Lucy mit glänzenden Augen und Wangen, die vor Aufregung glühten.

Das also hatte sie überhört! LD verdrehte die Augen. Lucy wollte Clutch bitten, sie zum Flughafen zu fahren. Sie konnte sich nicht vorstellen, daß sein Wrack von einem Wagen es bis zum Flugplatz schaffen würde. Trotzdem war es die einzige Möglichkeit. Sie würde Lucy nichts davon sagen, aber sie wollte herausfinden, ob irgendwelche Busse zum Flughafen fuhren – nur für alle Fälle... Lucy und LD trennten sich in der Nähe ihrer Häuser.

Lucy öffnete die Eingangstür und ging geradewegs zum Telefon. Sie wollte Clutch alles über ihren Trip erzählen und ihn fragen, ob er sie zum Flugplatz bringen würde. Auch er mußte dann die Schule schwänzen, aber sie war sicher, er würde es tun. Sie wußte, er hoffte, sie würden anfangen, miteinander zu gehen. Und der Kinobesuch mit ihm war wirklich ein toller Spaß gewesen. Clutch hatte es fertiggebracht, daß sie sich erwachsen und als etwas ganz Besonderes empfand. Es war mehr als das, was ihre Eltern vollbrachten. In der Tat, wenn sie es recht bedachte, verbrachte Clutch mehr Zeit mit ihr als ihre Eltern. Wenn er vielleicht mehr in ihrer Nähe wäre, würde sie sich nicht mehr so einsam fühlen.

»Du fliegst *wohin?*« fragte Clutch am Telefon.

Lucy erzählte ihm alles. Die Stille am anderen Ende der Leitung überzeugte sie, daß sie ihn wirklich verblüfft hatte.

»Du bist vielleicht ein wildes Frauenzimmer«, sagte Clutch.

Lucy kicherte.

»Was ist, wenn du erwischt wirst?« fragte Clutch.

»Werde ich nicht«, sagte Lucy. Sie fühlte sich drei Meter groß.

»Willst du, daß ich dich zum Flughafen fahre?« fragte Clutch.

»Ich glaub's einfach nicht«, strahlte Lucy. »Genau darum wollte ich dich bitten.«

»Mach' ich, kein Problem. Was tust du jetzt gerade?«

»Bloß so rumhängen.«

»Darf ich vorbeikommen?« fragte Clutch.

»Sicher.«

Lucy legte den Hörer auf und ging in ihr Zimmer hinauf, um sich zurechtzumachen. Während sie ihre Lippen mit Gloss nachzog, fragte sie sich, wie spät ihre Mutter heute abend nach Hause kommen würde. Als die Türglocke läutete, rannte Lucy nach unten.

»Hi«, sagte Clutch und stieß die Eingangstür auf.

»Junge, du warst aber schnell.«

»Yeah, das alte Vehikel kann losbrausen, daß die Reifen rauchen, wenn es will«, erwiderte Clutch. Während er redete, sah er sich um.

»Niemand zu Hause, außer meiner Wenigkeit«, kicherte Lucy.

»Großartig«, sagte Clutch.

»Mir nach«, sagte Lucy und machte sich auf den Weg zu ihrem Zimmer.

»Wer ist der Computer-Freak?«

Clutch betrachtete den Schreibtisch ihres Vaters, wo Disketten und Computer-Handbücher stoßweise neben seinem Heim-Computer lagen.

»Mein Vater.«

»Nicht schlecht! Schätze, deine Leute haben 'ne Menge Kohle.«

»Yeah, vermutlich. Hör zu, Clutch, ich will wirklich nicht über sie reden«, sagte Lucy leicht verärgert.

»Hej! Kommst du nicht gut mit ihnen aus?« Clutch sah Lucy überrascht an.

»Nein. Wir führen alle unser eigenes Leben. Das ist nichts Besonderes.«

»Bist du sicher?« fragte Clutch, entfernte sich vom Schreibtisch und trat zu Lucy.

»Natürlich, das mach' ich schon eine ganze Weile so.«

Lucy flegelte sich auf die Couch, und Clutch setzte sich neben sie.

»Was werden sie wegen diesem Trip sagen?«

»Clutch, du bist doch nicht hergekommen, um über meine Eltern zu reden.« Lucy konnte ihren Ärger nicht verbergen.

»Nein, ich bin hergekommen, um dich zu sehen. Gibt es hier irgendwo Musik?«

»Ja, aber die guten Sachen sind oben in meinem Zimmer.« Lucy stand auf.

»Dann laß uns raufgehen«, sagte Clutch und folgte ihr.

Mit Clutch in ihr Zimmer hinaufzugehen schien

Lucy das Natürlichste von der Welt zu sein. Es war großartig, nicht allein zu sein, und ihr Zimmer war sowieso der beste Platz im ganzen Haus. Jeder Zentimeter Wand war mit Postern beklebt. Lucy hatte sich außerdem von keinem Plüschtier und keiner Puppe getrennt, die sie jemals geschenkt bekommen hatte. Ein Teil ihres Zimmers sah aus wie ein Spielzeugladen. Clutch ignorierte ihre Stofftiere und wühlte sich durch ihre Musikkassetten, wobei er über einige Sachen aus ihrer Sammlung lachte. Dann wählte er ein Rock-Album aus, sprang auf ihr Bett und begann zu tanzen. Er schnappte sich Lucys Haarbürste vom Toilettentisch und tat so, als sei sie ein Mikrofon. Lucy saß auf dem Boden und lachte herzhaft los.

Die Musik war so laut, daß keiner von beiden Mrs. Fernandez heimkommen hörte. Clutch gab eine perfekte Vorstellung für Lucy, die ihren Rücken der Tür zugekehrt hatte.

Plötzlich sagte eine Stimme: »Lucy!«

Clutch erstarrte auf dem Bett, und Lucy fuhr herum.

»Oh, hi! Das ist Clutch«, sagte Lucy und sprang auf.

»Ist das Ihr Auto in der Einfahrt?« fragte Mrs. Fernandez.

»Ja, Entschuldigung... ich muß sowieso gehen.« Clutch taumelte vom Bett und stieß beinahe mit Lucy zusammen.

Lucys Haarbürste steckte noch immer im Hosenbund seiner Jeans. Er nickte Mrs. Fernandez zu, murmelte: »Bis später« in Lucys Richtung und rannte aus dem Zimmer.

»Wer ist dieser Junge?« fragte Mrs. Fernandez kühl und sah sich in Lucys Zimmer um.

»Ein Freund«, antwortete Lucy und wünschte, sie könnte Clutch folgen.

»Weißt du, daß er soeben mit deiner Haarbürste entschwunden ist?«

»Yeah, ich meine, nein ... Ich hab' dich nicht heimkommen hören«, murmelte Lucy.

»Geht er in die Degrassi?« fragte ihre Mutter.

»Ja«, log Lucy.

»Sieht ein bißchen alt aus für eine Junior High.«

»Was soll all diese Fragerei?« sagte Lucy unbehaglich.

»Ich finde, dein Zimmer ist nicht gerade der richtige Platz für eine Unterhaltung mit einem Jungen«, meinte ihre Mutter nervös.

»Wir haben uns bloß Musik angehört, Mam.«

»Warum habe ich ihn nicht schon früher hier gesehen?« bohrte ihre Mutter weiter.

»Weil du die meiste Zeit nicht da bist.«

Mrs. Fernandez stieß einen kleinen Seufzer aus.

»Lucy, ich bin müde. Ich hatte einen langen Tag, und beim Nachhausekommen diesen Freund von dir auf deinem Bett herumspringen zu sehen, ist keine besonders große Hilfe.«

»Okay, dann bleiben wir das nächstemal eben im Wohnzimmer«, bot Lucy an.

Mrs. Fernandez verließ das Zimmer.

Als Lucy zum Fenster hinaussah, war das Clutchmobil verschwunden. Nun, wenigstens hatte ihre Mutter Clutch jetzt kennengelernt. In Kürze würde sie zwar herausbekommen, daß er in die High School ging, aber fürs erste schien sie befriedigt. Und Lucy hatte die kleine Genugtuung gehabt, ihre Mutter bei der Bemerkung über ihre häufige Abwesenheit zusammenzucken zu sehen.

Ich muß nur stark sein, dachte Lucy. Sie beschloß, ihre Fußnägel zu lackieren. Wenn man einen Bikini trug, mußte man lackierte Fußnägel haben. Irgendwie gehörte das zusammen. Es spielte wirklich überhaupt keine Rolle, daß ihre Mutter über Clutch ein wenig entsetzt gewesen war. Lucy hatte ihr Leben so eingerichtet, wie sie es wollte. Alles verlief reibungslos.

Der fuchsienfarbige Nagellack glänzte auf ihren Fußnägeln. Lucy konnte es sich bereits ausmalen, wie ihre Zehen aus dem Sand der Bahamas hervorlugten. Einen Augenblick fragte sie sich, welche Leute sie wohl während dieser Ferien kennenlernen würde. Ob irgendwelche jungen Leute in ihrem Alter da waren? Falls sie jemand Interessanten treffen sollte, mußte sie irgendeine Geschichte erfinden – vielleicht sogar eine Weile so tun, als sei sie gar nicht Lucy.

8. Kapitel

Am nächsten Morgen beugte sich Erica während Mr. Garcias Matheunterricht zu Lucy vor: »Wir müssen heute über einiges reden«, flüsterte sie.

»Ja, ich weiß«, flüsterte Lucy zurück.

»Was ist, wenn deine Mutter anruft und mit dir reden will?«

»Ruhe bitte«, sagte Mr. Garcia und warf beiden einen strengen Blick zu.

Erica fuhr hastig zurück, denn Mr. Garcia war bereits äußerst schlechter Stimmung. Niemand hatte in der letzten Mathe-Arbeit besonders gut abgeschnitten. Er hatte sie alle gefragt, wo sie die letzte Woche verbracht hätten – ganz bestimmt nicht in seinen Mathematikstunden.

Lucy kaute an ihrem Kugelschreiber und sah Mr. Garcia mit einem Blick an, den sie für aufmerksam hielt. Innerlich hatte Ericas Frage einen Knoten in ihrem Magen verursacht. Würde ihre Mam anrufen? Eigentlich war sie nicht der Typ, der kontrollierte. Außerdem kam ihr Vater am Samstag nach Hause, da waren sie bestimmt zu sehr damit beschäftigt, Neuigkeiten auszutauschen. Trotzdem ging ihr der Gedanke nicht aus dem Sinn. Warum mußte Erica jetzt davon reden?

In der Mittagspause traf sich Lucy endlich mit den Zwillingen und LD. Alle drei saßen dicht beisammen und redeten.

»Wir haben da einiges zu klären«, sagte LD. Auf ihrem Gesicht lag ein besorgter Ausdruck.

»Relax, alles läuft prima«, sagte Lucy.

»Hör zu, Lucy, du reißt aus. Wenn deine Mutter bei uns anruft und nach dir fragt, könnten wir in ziemliche Schwierigkeiten kommen.« Heather war sehr ernst.

»Ich hab' über das nachgedacht, was du gesagt hast.« Lucy sah Erica an.

»Und?«

»Nun, eine von euch geht ans Telefon, und die andere ist gerade nicht da – sie ist mit mir irgendwo hingegangen. Und das sagt ihr dann.«

»Yeah... ich denke, das könnte klappen«, meinte Erica. Sie sah ihre Schwester unsicher an.

»Okay«, sagte Heather.

»He, wie wär's, wenn ihr alle heute abend zu mir kommt? Meine Mutter wird nicht da sein, und ich kann euch meinen Bikini vorführen«, sagte Lucy. Sie starb beinahe vor Ungeduld, ihn herzuzeigen.

»In Ordnung«, sagten beide Zwillinge.

»Ich kann nicht«, sagte LD. »Ich muß einige Dinge erledigen.«

»Welche Dinge?« fragte Lucy.

»Putzen«, murmelte LD. Sie stopfte ihr halb aufgegessenes Sandwich in die Pausenbrottüte.

Lucy sah zu, wie LD die Tüte in den Abfalleimer warf. Sie haßte es, daß ein Teil von LDs Leben so verschieden von dem ihren war. Sie konnte nichts dafür, aber LD tat ihr leid. Verlegen schwieg sie.

Als alle vier nach der Mittagspause zum Nachmittagsunterricht gingen, fühlte Lucy sich noch immer unbehaglich. Irgend etwas bedrückte die Zwillinge – besonders Heather. Ganz plötzlich benahm sie sich wie ein Waschlappen. Vielleicht konnte sie den Grund herausfinden, wenn sie heute abend zu ihr kamen. Auch LD trug diesen verkniffenen Zug um den Mund. Wäre es nicht schrecklich, wenn sie alle plötzlich einen Rückzieher machten und ihr nicht mehr halfen? Es blieben ihr nur noch drei Tage. Da durfte nichts mehr schiefgehen.

Als später am Abend die Türglocke bei Lucy läutete, rannte sie hinunter, um zu öffnen. Lucy hatte eine Überraschung geplant und ihren Bikini schon angezogen, darüber ihren Bademantel. Außerdem hatte sie die Schmuckschatulle ihrer Mutter durchwühlt und eine Silberkette gefunden, die sie sich um die Mitte drapiert hatte. Sie reichte zweimal um ihre Taille und baumelte vorne über den Nabel herunter. Dann hatte sie noch vier dünne Silberarmreifen gefunden und sie bis zu den Oberarmen hinaufgeschoben. Den letzten Schliff gab eine silberne Haarspange, die ihr Haar zurückhielt, so daß es nur über eine Schulter fiel.

Lucy öffnete die Tür und ließ die Zwillinge herein. Lucy schloß hinter ihnen die Tür und ließ sie ins Wohnzimmer gehen. Dort lehnte sie sich gegen den Türrahmen, ließ den Bademantel von den Schultern gleiten und sagte: »Tatara-taaa!« Zwei Augenpaare glotzten sie an.

»Oh, Mann, du siehst umwerfend aus«, stieß Erica atemlos hervor.

»Das ist ein toller Bikini«, sagte Heather.

»Ich sehe schon, du wirst nie mehr zurückkommen.« Erica schüttelte bewundernd den Kopf.

»Bedeutet das, daß du nichts dagegen hättest?« fragte Lucy neckisch.

»Dreh dich um«, befahl Heather.

Lucy wirbelte auf den Absätzen herum. Die Zwillinge starrten sie immer nur an. Lucy sah aus wie aus einem Modemagazin, und das Verblüffendste war, sie sah nicht aus wie fünfzehn, sondern wirkte viel älter. Ich werde niemals so aussehen, dachte Heather neidisch. Ich mache jetzt sofort eine Diät, überlegte Erica. Sie wird mich zwar umbringen, aber ich will genauso aussehen.

»Sieht nicht schlecht aus, oder?« fragte Lucy ängstlich, weil die beiden so still waren.

»Lucy, irgend jemand auf dieser Insel wird sich in dich verknallen«, verkündete Erica.

»Großartig«, sagte Lucy und wirbelte herum wie eine Ballerina. »Ich bin bereit für ein Abenteuer.«

»Ich überlege, wie er aussieht, wenn er naß ist«, sinnierte Heather.

»Naß!« rief Lucy. Alle drei brachen in Gelächter aus.

»Ich will alles sehen, was du mitnimmst«, sagte Erica.

Also gingen sie in Lucys Zimmer hinauf, und Lucy zog ihren Matchsack unter dem Bett hervor.

»Nimmst du dieses ekelhafte alte Ding mit?« fragte Erica.

»Ich konnte keinen kleinen Koffer finden«, erklärte Lucy.

»Wir hätten zu Hause noch ein paar Plastiktüten«, bot Heather an.

Lucy stand einen Moment mit dem Matchsack in der Hand da. Ungeachtet dessen, was sie früher gedacht hatte, sie wollte ihn mitnehmen. Nur noch drei Tage, dann würde sie Dinge tun, die sie vorher noch nie getan hatte – an einen unbekannten Ort fliegen. Der alte Matchsack hatte etwas Beruhigendes. Er war vertraut, und er gehörte ihr. Die anderen brauchten es nicht zu wissen, aber ein bißchen Sicherheit hatte sie nötig.

»Dieser Sack«, sagte Lucy und warf ihn aufs Bett, »wird in die Ferien fahren. Er fliegt auf die Bahamas.«

»Na, ich hoffe, du siehst am Ende nicht doch wie eine Ausreißerin aus«, brummelte Heather.

»Keine Sorge.« Lucy holte eine Sonnenbrille und einen breitrandigen Hut aus dem Sack. Sie setzte die Sonnenbrille auf und zog den Hut schräg über ein Auge. Dann schlüpfte sie in einen langen Knitterrock und zog ein loses, flippiges Oberteil an.

In diesem Augenblick läutete es an der Tür.

»Oh, Gott, ich hoffe, das ist nicht meine Mutter«, schrie Lucy und lugte zum Fenster hinaus.

Die Zwillinge drängten sich hinter ihr. Lucy konnte den Wagen ihrer Mutter nicht sehen.

»Soll ich nachschauen?« fragte Erica.

»Ja, ich muß aus diesem Zeug raus«, sagte Lucy und riß sich Sonnenbrille und Hut herunter.

Erica polterte die Treppe hinunter. Lucy strampelte sich aus dem Rock und zog ihre Jeans an. Heather schob den Matchsack schnell unter Lucys Bett. Dann hörten sie Erica hysterisch lachen. Eine andere Stimme fragte, was so komisch sei.

»Es ist bloß LD«, kreischte Erica.

»LD!« brüllte Heather.

»Ich bring' dich um, LD.« Lucy ließ sich auf ihr Bett fallen.

»Was ist denn los?« LD kam mit Erica ins Zimmer.

»Ich dachte, du kannst nicht kommen.«

»Nun, ich hab' alles im Schnellgang erledigt, weil ich diesen Bikini wirklich auch sehen wollte.«

»Ich hab' beinahe einen Herzanfall bekommen!« rief Lucy aus und sprang vom Bett hoch.

»Woher hast du diesen Rock?« fragte LD. Er paßte überhaupt nicht zu Lucy.

»Was meinst du damit?«

»Ich dachte nur...« LDs Stimme versickerte.

»Ich weiß genau, was du meinst«, fauchte Lucy. »Ich hab' deinen Polizistenblick allmählich satt. Erst tauchst du hier auf und erschreckst mich zu Tode, und dann muß ich mir noch all deine blödsinnigen Fragen anhören.«

»Oh, stell dich doch nicht so an, ich hab' überhaupt nichts damit gemeint«, fuhr LD sie an.

»Streitet nicht, Leute... ihr seid beste Freundinnen«, jammerte Erica.

»Niemand streitet«, maulte LD.

»Nun, nur zu deiner Information, LD, es ist einer der Sommerröcke meiner Mutter, und sie wird ihn nicht vermissen«, verkündete Lucy bissig.

»Okay, okay. Und wo ist jetzt dieser großartige Bikini?« sagte LD und bedachte Lucy mit ihrem sonnigsten Lächeln.

Lucy zog die Jeans und das Oberteil aus. Darunter trug sie noch immer den Bikini.

»Du siehst sensationell aus«, flüsterte LD.

»Findest du wirklich?« fragte Lucy. Ihr wurde klar, wie sehr sie LDs Anerkennung brauchte und wie froh sie war, daß LD doch noch kommen konnte.

»Lucy, was wirst du ganz allein drei Tage und drei Nächte lang machen?« fragte Erica.

»Tagsüber werde ich am Strand sein, und abends gehe ich tanzen.« Lucy wiegte sich in den Hüften.

»Schon, aber wie wird das sein, wenn du das alles allein machen mußt?« bohrte Erica weiter.

»Sie wird alle möglichen Leute kennenlernen«, gab LD zu bedenken.

»Mit diesem Bikini wirst du vom ersten Tag an umschwärmt sein«, meinte Heather lächelnd.

Lucy erwiderte Heathers Lächeln. Anscheinend hatten sich Heathers Bedenken in Wohlgefallen aufgelöst. Lucy fühlte sich großartig. Vielleicht konnten sie einmal alle vier eine Reise machen, irgendwo im Sand liegen, Bikinis tragen und die Jungen verrückt machen.

Das Telefon läutete. Es war Lucys Mutter. Was machte Lucy gerade? Waren irgendwelche Nachrichten für sie da? Lucy plauderte ein paar Minuten zungenfertig, dann legte sie auf. Die Zwillinge wollten gehen, aber LD zögerte noch. Lucy schloß die Tür hinter den Zwillingen und drehte sich dann um. Sie sagte zu LD:

»Ich bin froh, daß Heather ihre Bedenken überwunden hat, oder was es war.«

»Sie hat kalte Füße bekommen.«

»Was meinst du damit?«

»Nun, sie dachte, daß ... vielleicht tust du etwas Falsches ... und wir helfen dir dabei.«

»Und was meinst du?«

»Ich könnte es nicht tun ... es würde meinen Dad glattweg umbringen. Ich schätze, es sind eine Menge Nerven dazu nötig.« LD sah unglücklich drein.

Lucy schwieg. Wie konnte sie LD klarmachen, daß sie der Meinung war, sie sei ihren Eltern gleichgültig? Und was die Nerven anbelangte, nun, sie mußte sich selbst beweisen, daß sie jede Menge davon hatte.

»Ich mach's, LD«, sagte Lucy. Dabei sah sie LD offen ins Gesicht. »Und wenn irgend jemand abspringen will, ich ... ich schaff's auch allein.«

»Niemand will abspringen«, sagte LD wütend. »Ich mach' mir nur Sorgen. Clutch fährt dich. Da kann alles mögliche passieren.«

»Komm, LD, das sagst du doch bloß, weil du ihn nicht magst«, warf Lucy ihr vor.

»Du verstehst mich nicht, Lucy. Schon gut, laß Clutch fahren.«

Lucy wandte sich von LD ab und fühlte sich ganz plötzlich ziemlich elend. Warum stellte sich LD wegen Clutch so an? Die Zwillinge waren nett zu ihr. Niemand vermittelte ihr den Eindruck, daß sie etwas Falsches tat. Sie waren alle begeistert gewesen, hatten ihre Kleider bewundert und sie sogar beneidet.

»Lucy«, sagte LD, zog ihre Jacke an und machte sich zum Weggehen bereit, »mein Vater erteilt mir immer Lektionen über Ehrlichkeit und innere Werte und solche Dinge. Es ist ein bißchen verwirrend, aber ich halte einfach nichts davon, eine Freundin sitzenzulassen.«

»Danke, LD«, flüsterte Lucy, »du bist ein echter Kumpel.«

9. Kapitel

Als Lucy am nächsten Tag aus der Schule nach Hause kam, sah sie das Auto ihrer Mutter in der Zufahrt stehen. Was machte ihre Mam um halb vier Uhr nachmittags zu Hause? Lucy beschleunigte ihre Schritte. Einen schrecklichen Moment lang fürchtete sie, sie hätte vielleicht vergessen, ihren Matchsack unters Bett zu schieben. Was, wenn Mam in ihr Zimmer gegangen war und ihn gefunden hatte?

Leise öffnete Lucy die Vordertür und schlüpfte ins Haus. Unten war nichts von ihrer Mutter zu sehen. Lucy warf Jacke und Schultasche auf den Küchentisch und rannte die Treppe hinauf.

»Lucy, bist du das?« rief ihre Mutter.

»Hi«, sagte Lucy und ging auf das Schlafzimmer ihrer Mutter zu – denn daher kam die Stimme.

»Ich hab' mir ein bißchen freigenommen«, sagte ihre Mam. »Ich habe gebeten, die Anrufe hierher zu legen.«

Lucy sah ihre Mutter an, die ausgestreckt auf dem Bett lag. Sie hatte ihre Schuhe abgestreift, war sonst aber noch voll angezogen. Ihre Aktentasche lag geöffnet neben ihr, und Lucy konnte sehen, daß einige Postsachen daneben lagen.

»Lucy, hast du noch immer meine Kreditkarte?« fragte ihre Mutter.

Lucy blickte ihre Mutter ausdruckslos an. Eine innere Stimme sagte, das ist es, sie weiß es, es ist alles vorbei.

»Lucy, wo ist meine Karte?« wiederholte ihre Mutter.

»Oh – die! ... Ich hab' damit die Ballettkarten bestellt, du weißt doch. Ich denke, die ist irgendwo hier«, stammelte Lucy.

»Nun, dann such sie und bring sie mir, bitte.«

Lucy ging in ihr Zimmer. Die Karte lag in der obersten Schublade ihrer Kommode. Ihre Mutter wollte sie bloß wiederhaben, das war alles. Also holte sie die Karte, eilte zurück und versuchte, sich nichts anmerken zu lassen.

»Hier ist sie«, sagte Lucy.

»Danke«, sagte ihre Mutter und griff nach ihrer Handtasche.

Lucy sah zu, wie ihre Mam die Kreditkarte in ihre Brieftasche steckte. Da waren noch viele andere Karten. Junge, dachte Lucy, die Erwachsenen haben den Dreh wirklich raus. Da laufen sie rum mit all diesen Kreditkarten und können tun, was sie wollen. Kids dagegen müssen tun, was ihre Eltern sagen, bloß weil sie kein Geld haben. Das machte sie richtig wütend.

»Komm, setz dich ein bißchen zu mir und erzähl mir, was in der Schule los ist«, sagte ihre Mutter, klopfte neben sich aufs Bett und lächelte Lucy herzlich zu.

»Klar.«

Lucy zog Schuhe und Socken aus und schwang sich aufs Bett.

»Das sind mir vielleicht ein paar farbenfrohe Zehen«, sagte ihre Mutter und sah Lucys Füße an.

Unwillkürlich rollte Lucy ihre Zehen ein. Der fuchsienrote Nagellack wirkte wie ein Neonsignal, noch nie hatte sie sich ihre Zehennägel so angemalt. Da mußte ihre Mutter ja argwöhnisch werden!

»Hast du deinen Februar-Tiefpunkt überwunden?« fragte ihre Mam und warf Lucy ein mädchenhaftes, verschwörerisches Lächeln zu.

Lucy grinste zurück und ließ ihre Füße über den Bettrand baumeln, wo man sie nicht sehen konnte.

»Also, erzähl mir, was geschieht denn so an diesem Wochenende?«

»Ich gehe doch zu den Zwillingen, und dann gibt's eine Geburtstagsparty, und dafür sind noch eine Menge Laufereien nötig.« Lucy konnte hören, wie ihre Stimme vor Nervosität immer höher wurde.

»Na, du klingst ja richtig aufgeregt.« Ihre Mutter sah sie durchdringend an.

»Es ist wie drei Tage Ferien. Weißt du – eine kurze Unterbrechung der Schule.«

»Wie ist diese Mathearbeit letzte Woche ausgefallen?«

»Lausig.«

»Glaubst du, du brauchst einen Nachhilfelehrer, Lucy?« fragte ihre Mam.

»Nein, ich muß bloß einiges nachlernen, das ist alles.« Lucy versuchte, die Sache mit einem Achselzucken abzutun.

»Nun, da du Montag frei hast, könntest du ja ein bißchen lernen.«

Das Telefon läutete. Ihre Mam griff hinüber zum Nachttischchen und nahm den Telefonhörer ab. Lucy beobachtete, wie sich ihre Mutter schlagartig in eine Immobilienmaklerin verwandelte. Sie setzte sich auf, zog ihre Aktentasche näher zu sich heran und holte einige Papiere heraus. Lucy hatte ein Gefühl, als würde ihr der Teppich unter den Füßen weggezogen. Sie schoß einen mordlüsternen Blick auf die Aktentasche ihrer Mutter ab. Der flüchtige Moment, neben ihrer Mutter auf dem Bett herumzuflegeln, war schön gewesen. Warum hatte es nicht ein wenig länger dauern können? Warum konnte ihre Mutter nicht sagen: Ich rufe zurück, jetzt gerade unterhalte ich mich mit meiner Tochter.

Lucy ringelte sich auf dem Bett zusammen. Sie kam sich vor wie ein kleines, verlassenes Bündel. Nach einiger Zeit glitt sie über den Bettrand hinunter, stand auf und verließ das Zimmer. Ihre Mutter sah nicht einmal auf.

Lucy ging in die Küche hinunter, um sich einen Snack zurechtzumachen. Offensichtlich hatte ihre Mutter heute die Absicht, Mam zu spielen. Sie hatte sogar Lucys Lieblingsnachtisch mitgebracht. Ein Karottenkuchen stand auf der obersten Ablage des Kühlschranks. Lucy schnitt sich ein Riesenstück davon ab und schenkte sich ein Glas Milch ein. Das war ihre Lieblingskombination. Sogar ihr Vater hatte das gern.

Lucy dachte an ihren Vater. Manchmal wußte sie nicht, was sie von ihm halten sollte. Sie erinnerte sich noch, wie verletzt und still er während der ganzen

Ladendiebstahls-Geschichte gewesen war. Da hatten sie alle eine schwierige Zeit durchlebt. Und als ihre Eltern danach beschlossen, mehr Zeit für sie aufzubringen, war sie sich über deren Motive nicht ganz im klaren. Machten sie sich wirklich Sorgen um sie, oder wollten sie sie nur überwachen? Aber noch ehe sie das herausgefunden hatte, war wieder alles beim alten, sie gingen wieder voll und ganz in ihren Jobs auf. Alle Vorsätze waren dahin, alle Pläne, gemeinsam etwas zu unternehmen, wurden auf später verschoben. Lucy wußte, alles lief weiter in den alten, ausgefahrenen Gleisen.

Während sie ihren Karottenkuchen mampfte, merkte Lucy, daß sie über ihren bevorstehenden Trip nicht so begeistert war, wie sie eigentlich sein sollte. Dieser alte, dunkle Schatten begann wieder über sie hinwegzukriechen. Ihre Mutter war so herrlich ahnungslos. Darüber hätte sie eigentlich froh sein sollen, doch selbst etwas so Simples wie der Verzehr dieses Kuchens war schmerzlich. Anstelle von köstlichen Bissen Karottenkuchen steckten ihr zähe Bissen von Schuld im Hals.

Ein paar Minuten später rief LD an, und erlöste Lucy von ihren bedrückenden Gedanken.

»Wie läuft's?«

»Alles bestens«, erwiderte Lucy und schob den Teller mit dem halb aufgegessenen Karottenkuchen von sich.

»Weißt du, daß vom Royal York Hotel ein Flughafen-Bus abfährt?«

»LD, Clutch wird mich nicht versetzen«, kam Lucys wütende Antwort.

»Es ist gut, eine Ausweichmöglichkeit in der Hinterhand zu haben.«

»Es wird nichts schiefgehen!« schrie Lucy ins Telefon.

»Was ist denn los, Lucy?« fragte eine Stimme hinter ihr.

Lucy fuhr zusammen. Ihre Mutter stand da, hatte ihre Schuhe wieder angezogen und hielt in der einen Hand ihre Aktenmappe, in der anderen die Autoschlüssel.

»Schätzchen ...«

»Es ist okay, LD und ich haben nur ein Problem.« Lucy betrachtete ihre Mutter nervös, und als sie die Autoschlüssel in ihrer Hand entdeckte, seufzte sie: »Yeah, ich weiß, Mam, du mußt weg.«

»Ich denke, Daddy wird heute abend aus San Francisco anrufen«, sagte ihre Mutter.

»Eine Minute, LD.« Lucy hielt den Telefonhörer gegen ihre Brust.

»Plaudere schön lang mit ihm. Zum Abendessen kannst du dir die Lasagne in der Mikrowelle wärmen.«

»Klar.«

»Ich glaube, ich werde nicht spät zurückkommen.«

»Okay.« Lucy hob die Hand und winkte, dann hielt sie den Telefonhörer wieder ans Ohr.

»Und, Lucy ...«

»Was?«

»Üb etwas für Mathe. Es wird dich nicht umbringen«, schlug ihre Mutter vor.

Lucy nickte kurz und winkte ihrer Mutter erneut, als diese zur Vordertür hinausging.

»Bist du noch da?« fragte LD.

»Willst du heut' weggehen?« fragte Lucy. Auf keinen Fall würde sie zu Hause sitzen, Mikrowellen-Lasagne essen und Mathe lernen!

»Ich schätze, mein Dad würde mir etwas von Wochentag-Abend und Schule erzählen, wenn ich ihn frage.«

LD klang nicht sehr zuversichtlich. Sie plauderten noch ein paar Minuten über den Trip, und als Lucy auflegte, wußte sie genau, was sie tun wollte. Sie rief Clutch an, der zwanzig Minuten später kam. Lucy schloß die Vordertür ab und sah nervös die Straße entlang. Wie üblich plärrte Musik aus dem Clutchmobil. Clutch sah richtig schick aus. Er trug eine Lederjacke mit allen möglichen Arten von Stickern dran.

»Fahren wir, Baby«, sagte Clutch, beugte sich weit zur Seite und schloß Lucys Autotür.

»Wo fahren wir hin?« fragte Lucy und fühlte sich jetzt schon viel besser.

»Da ist dieser neue Club in Sherbourne«, sagte Clutch und warf Lucy einen prüfenden Blick zu.

»Da werde ich nicht reinkommen.«

»Klar kommst du rein. Ich hab 'n paar gefälschte Ausweise dabei«, sagte Clutch grinsend. »Du brauchst bloß 'n bißchen Lippenstift aufzulegen.«

Lucy kramte in ihrer Tasche und holte einen Lippenstift hervor. Nun, vielleicht war das eine gute Gelegenheit, um zu testen, wie alt sie aussehen konnte. Die Zwillinge und LD hatten ihr versichert, daß da eine Menge zu machen war. Es ist Zeit, das herauszufinden, dachte Lucy und zog ihre Lippen mit ihrem knallroten Lippenstift nach.

Clutch bog in eine Allee ein und brachte den Wagen zum Stehen. Er griff in seine Tasche und förderte ein kleines Bündel gefälschter Ausweise zutage, auf denen alle möglichen Namen standen.

Der Club schien wirklich eine wilde Sache zu sein. Die Wände waren schwarz angestrichen, mit einigen hingekleckstenroten Zeichnungen drauf. Und die Leute, die da hineingingen, waren ganz entschieden alle älter als Lucy. Clutch hielt Lucys Hand und marschierte durch die Eingangstür. Niemand sagte ein Wort, und sie fanden einen kleinen Tisch.

»Clutch«, flüsterte Lucy, »ich will wirklich nichts trinken.«

»Was darf's sein?« Eine Kellnerin war neben Lucys Ellbogen aus dem Nichts aufgetaucht.

»Eh ... ich hätte gern ...«

»Irgend 'n Ausweis dabei?« Das Lächeln der Kellnerin zog ihr ganzes Gesicht in die Breite.

»Zwei Cola«, platzte Clutch heraus.

Die Kellnerin hob spöttisch eine Augenbraue und schlenderte davon. Lucy starrte Clutch an. Der kniff bloß die Augen zusammen und lächelte sie an.

»Du hast die Nerven verloren, Lucy Fernandez.«

»Hab' ich nicht.«

»Du hast gezögert, und sie hat's gemerkt«, erwiderte Clutch.

»Und warum hast du dich dann so dämlich benommen?« Lucy war über seinen überlegenen Gesichtsausdruck verärgert.

»Oh, ich dachte, ich leiste dir Gesellschaft, ich mach', was dir Freude macht. Ich muß nicht unbedingt Alkohol trinken.«

»Danke«, sagte Lucy weich und wünschte, sie könnte ihm glauben.

»Du weißt, was man auf diesen Inseln trinkt, nicht wahr?«

»Was?«

»Insel-Rum«, sagte Clutch mit dem Akzent der Westindischen Inseln.

»Dann trink' ich den eben dort«, kicherte Lucy.

»Das würde ich gern sehen«, sagte Clutch und rückte näher an Lucy heran.

»Aber das wirst du nicht. Ich bin dort. Und du wirst schön hier bleiben«, sagte Lucy und schnippte mit den Fingern vor seiner Nase.

»Oh, yeah, aber wir können's ja nachholen«, sagte Clutch.

»Hast du eigentlich Geschwister, Clutch?«

»Mhm, zwei ältere Brüder. Und was ist mit dir?«

»Ich bin ein Einzelkind«, sagte Lucy leise.

»Fühlst dich manchmal einsam, oder?« fragte Clutch.

»So ungefähr...« Lucy wich seinem Blick aus.

»Jetzt nicht mehr. Ich werde dein Schatten sein.«

»Okay«, lachte Lucy, »großartig.«

»Was hat deine Mutter eigentlich gesagt?«

»Sie war wütend, weil du auf meinem Bett rumgetanzt hast.«

»Was noch?«

»Nichts weiter... Ich glaube, es ist ihr egal, mit wem ich mich treffe – schließlich werde ich sechzehn«, erwiderte Lucy.

»He, willst du 'ne Fahrstunde auf dem alten Parkplatz vom Dominion Warenhaus?«

»Clutch«, kreischte Lucy, »ist das dein Ernst?«

»Folge mir«, sagte Clutch, strich sich das Haar aus der Stirn und hielt Lucy die Hand hin.

Die Fahrstunde dauerte ungefähr dreißig Sekunden. Lucy starb beinahe vor Angst. Sie hatte ja gesagt, weil sie fand, es sei sehr erwachsen. Aber ganz plötzlich rollte das Auto vorwärts, und sie wußte nicht, was sie als nächstes tun sollte. Als es ihr wieder einfiel, stieg sie so heftig auf die Bremse, daß Clutch nach vorn geschleudert wurde und sich den Kopf anschlug. Also sagte Lucy zu Clutch, er solle wieder fahren. Aber er wollte noch nicht nach Hause.

»Fahren wir zu Lick.« Clutch rutschte hinters Lenkrad und ließ den Motor an.

»Das ist ja ganz unten am Strand. Clutch, ich möchte nach Hause.«

»Ach, komm schon, Lucy. Du hast mir gesagt, deine Mam ist so cool.«

»Ich will nach Hause, Clutch«, wiederholte Lucy.

»He, wir hatten überhaupt noch keinen Spaß«, protestierte Clutch.

»Ich hatte 'ne ganze Menge davon. Außerdem, ich hab' noch Mathe-Hausaufgaben zu machen.«

»Ich kann uns in einem Flutsch hin und wieder zurück fahren.« Clutch gab Gas.

»Hör auf, Clutch! Bring mich nach Hause!« schrie Lucy.

Clutch machte eine Vollbremsung, und das Clutchmobil kam quietschend zum Stehen. Dann fuhr er Lucy ohne ein weiteres Wort nach Hause.

10. Kapitel

Lucy schloß die Eingangstür auf und betrat das dunkle Haus. Sie hörte Clutch aus der Einfahrt brausen, und für einen Moment lehnte sie sich gegen die Tür. Es war beinahe neun Uhr. Sie hatte es zwar geschafft, vor ihrer Mutter zu Hause zu sein, aber sie war ein Nervenbündel. Fahrstunden würde sie in nächster Zeit bestimmt keine mehr nehmen. Noch immer zitterte sie von dem Schreck.

Lucy ging durchs ganze Haus und drehte alle Lichter an. Sie fragte sich, was Clutch von ihr denken mochte. Würde er je wieder mit ihr reden? Aber es war nicht nur ihre Schuld. Clutch hatte so eine Art, Überraschungen zu präsentieren. Sie wollte ihm einfach nicht sagen, daß sie zwei Tage vor ihrem Trip keine Unannehmlichkeiten mehr heraufbeschwören wollte. Clutch, dachte sie, ich liebe deine verrückte, waghalsige Art, aber manchmal gehst du zu weit und machst mir angst.

Mit einemmal merkte sie, daß sie Hunger hatte, und erinnerte sich daran, was ihre Mutter über das Abendessen gesagt hatte. Lucy öffnete den Tiefkühlschrank, nahm die Lasagne heraus, steckte den gefrorenen Block in die Mikrowelle und stellte die Zeit ein. Sie starrte die Lasagne an, die hinter dem kleinen Glasfenster zu köcheln anfing. Das sich drehende Tellergericht ließ Lucy an ein junges Mädchen denken, das an einem goldenen Sandstrand herumwirbelte. Das junge Mädchen war sie selbst, und der Strand lag auf den Bahamas. Nur noch zwei Tage trennten sie von ihrem Ausbruch, bei dem die wundervollsten Dinge geschehen würden. Das Beste daran war, daß alle unangenehmen Seiten ihres Lebens zurückblieben. Nun brauchte sie keine Hochglanzfotos in Illustrierten mehr anzuschauen und zu denken, daß die aufregenden Dinge immer nur anderen widerfuhren.

Das Telefon läutete schrill und unfreundlich. Lucy ärgerte sich, daß diese Mißtöne in ihre Phantasie eindrangen. Widerstrebend nahm sie den Hörer ab.

»Hi... Lucy?« Es war ihr Vater.

»Daddy!« rief Lucy.

»Wo seid ihr denn alle? Ich rufe schon den ganzen Abend an.« Die Stimme ihres Vaters klang gereizt.

»Oh, Mam arbeitet, und ich war... oben in meinem Zimmer und hatte das Radio an.«

»Aber ich habe mindestens schon fünfmal angerufen! Ist alles in Ordnung?« In seiner Stimme lag unverkennbar eine Spur von Besorgnis.

»Ganz in Ordnung«, sagte Lucy rasch.

»Was soll ich dir aus San Francisco mitbringen?«

»Och, irgendwas.«

»Ist wirklich alles in Ordnung?« fragte ihr Vater noch einmal.

»Ja.«

»Wenn ich wieder zurück bin, gehen wir zusammen ganz groß zum Essen aus.«

»Okay.«

»Sag's Mam. Nun... ich komme am Samstag heim.«

»Okay.«

»Nun... hier warten einige Leute auf mich. Ich bin sowieso schon zu spät dran. Bye, Schätzchen.«

»Daddy...«, begann Lucy, aber er hatte bereits aufgelegt.

Lucy starrte den Telefonhörer in ihrer Hand an. Am liebsten hätte sie ihn gegen irgend etwas geschleudert, aber sie zwang sich, ihn ganz ruhig aufzulegen. Sie wußte nicht einmal, was sie ihrem Vater hätte sagen wollen, aber er hatte dafür gesorgt, daß sie sowieso nicht zum Reden kam. Sie war wütend auf sich selbst. Als ihr Vater erwähnt hatte, sie würden groß zum Essen ausgehen, wäre sie beinahe in Tränen ausgebrochen. Sie konnte nicht verstehen, warum. Selbst, als er sich erkundigt hatte, ob alles in Ordnung sei, hatte sie das gleiche Gefühl empfunden. Meilenweit entfernt, in San Francisco, hatte ihr Vater versucht, Daddy zu spielen – aber es hatte nicht funktioniert. Was wäre passiert, wenn sie geantwortet hätte: Nein, nichts ist in Ordnung? Hätte er den ersten Flieger nach Hause genommen? Warum liefen ihr Tränen die Wangen hinunter?

Hör auf damit, Lucy Fernandez, sagte die andere Lucy, die starke, coole Lucy. Du wirst jetzt doch nicht schwach werden. Du tust nichts weiter, als dich für eine Weile abzusetzen, von Eltern, die nie da sind, von dem langweiligen Schulalltag an der Degrassi. Nun, sie haßte diese ewige, langweilige Routine ohne jede Aufregung. Jetzt, da sie die Dinge selbst in die Hand genommen und ein Abenteuer ausgeheckt hatte, durfte sie nicht mit Tränen in den Augen herumlaufen. Das paßte einfach nicht zusammen.

Lucy schnitt sich ein Stück Lasagne ab, ging ins Wohnzimmer und stellte den Fernseher an. Sie setzte sich, um ihr Abendessen zu verspeisen. »Dallas« lief, und das war gerade die richtige Gesellschaft für sie. Und noch besser war der Werbeblock, der in die Mitte der Sendung hereinplatzte. Ein wunderschönes junges Paar befand sich auf einer romantischen Ferienreise an einem Ort namens Tobago. Da sah es genauso aus wie auf den Bildern von den Bahamas. Lucy krümmte die Zehen vor Begeisterung. »Genau so werde ich aussehen«, sagte sie laut in dem leeren Haus.

Als »Dallas« zu Ende war, schaltete Lucy herum auf der Suche nach etwas Interessantem, aber es lief nichts. Ein paar Minuten später hörte sie, wie die Haustür aufging und ihre Mutter hereinkam. Lucy drehte den Fernseher ab. Sie wußte, ihre Schulmappe lag noch ungeöffnet in der Küche. Nirgendwo gab es Anzeichen dafür, daß sie ihre Hausaufgaben gemacht hatte.

»Hi, Lucy. Wie war die Lasagne?« rief ihre Mam.

Lucy ging in die Küche. Ihre Mutter schnitt soeben eine Grapefruit in zwei Hälften.

»Bist du noch immer auf dieser Diät?« fragte Lucy. Lässig schlenderte sie zum Küchenstuhl, um ihrer Mutter die Sicht auf die ungeöffnete Schulmappe zu versperren.

Ihre Mutter lächelte sie an und nickte.

»Oh, Daddy hat angerufen.«

»Was hat er gesagt?«

»Er kommt am Wochenende heim – am Samstag.«

Ihre Mutter steckte einen Löffel in die Grapefruit. »Und du gehst weg. Weißt du, Schätzchen, vielleicht solltest du am Sonntag doch nach Hause kommen.«

Lucy sah ihre Mutter entsetzt an. Sollte dies eine Art von grausamem Witz sein?

»Na, habe ich etwas so Schreckliches gesagt?« fragte ihre Mutter, als sie Lucys Gesicht sah.

»Nein«, platzte Lucy heraus. »Mam, wir haben diesen Plan schon vor Wochen gemacht. Ich kann die nicht alle im Stich lassen.«

»Schon gut, schon gut.« Abwehrend hob ihre Mutter die Hände.

»Ich werde Dad dann am Montag sehen, und so habt ihr beiden wenigstens eine Gelegenheit, ganz für euch zu sein.«

»Lucy«, sagte ihre Mutter mit einem belustigten Lächeln, »ich danke dir.«

Lucy konnte ihren Seufzer der Erleichterung kaum unterdrücken. Sie betrachtete ihre Mutter besorgt. Hatte sie vielleicht noch so eine verheerende Idee? Aber ihre Mutter konzentrierte sich offensichtlich darauf, hübsche kleine Stückchen Grapefruit auszustechen. Das Telefon läutete, und Lucy nutzte diese Unterbrechung sofort. Sie drehte sich um, schnappte sich ihre Schulmappe und rannte aus der Küche. Als sie die Treppe hinauflief, hörte sie ihre Mutter rufen: »Für dich, Lucy.«

Lucy erreichte ihr Zimmer und warf die Schulmappe in eine Ecke. Dann nahm sie den Telefonhörer ab, und als sie hörte, wie ihre Mutter auflegte, ließ sie sich aufs Bett plumpsen.

»Hi, bist du bereit?«

Es war Erica. Lucy war froh, daß jemand angerufen hatte.

»Ja, aber du wirst nicht glauben, was gerade passiert ist«, sagte Lucy. »Meine Mutter meinte plötzlich, ich soll am Sonntag nach Hause kommen.«

»Du machst Witze!«

»Ich hab's gerade noch geschafft, aus diesem Witz zu entkommen«, erwiderte Lucy.

»Junge, du mußt Nerven wie Drahtseile haben.«

»Ich muß einfach die Ruhe bewahren.«

»Na, wenn jemand cool ist, dann du, Lucy«, kicherte Erica.

»Ich will bloß, daß du und Heather auch einen kühlen Kopf bewahrt«, sagte Lucy zögernd.

»Keine Sorge«, beruhigte Erica sie. »Ich denke, wir haben alles im Griff.«

»Und wenn die Sache zu heiß wird, könnt ihr einfach sagen, ihr wißt nicht, wo ich bin.«

»Ich weiß nicht, ob Heather da mitmacht, aber ich regle das schon«, versprach Erica.

Lucy seufzte. Also gab es noch immer Schwierigkeiten mit Heather. In Lucys Gegenwart war sie mit allem einverstanden, aber zu ihrer Zwillingsschwester sagte sie etwas ganz anderes. Warum war sie bloß so schwierig? Lucys Mutter würde sie niemals kontrollieren – und wenn doch, dann war die Lösung einfach.

»Lucy, bist du noch dran?« fragte Erica beunruhigt.

»Ja.«

»Mach dir keine Sorgen. Es ist teuflisch gefährlich, aber bedenke doch, übermorgen bist du weg!«

»Willst du zum Flugplatz mitkommen?« fragte Lucy. Erica war ein so fröhlicher Mensch, dachte sie, genau die richtige Gesellschaft für die Fahrt zum Flugplatz.

»Mit Clutch?« neckte Erica sie.

»Ja, mit Clutch.« Lucy spürte, wie sich etwas in ihr verkrampfte.

»Bist du auch sicher, daß ich nicht stören würde?«

»Geh mir nicht auf die Nerven, Erica. Das besorgt schon LD die ganze Zeit.«

»Und wie machen wir das?«

Lucy sagte es ihr. Clutch holte sie um zwei Uhr vor der Schule ab. Das bedeutete zwar, daß sie die letzte Stunde schwänzen mußte, aber Clutch konnte Erica möglicherweise bis vier Uhr wieder zurückbringen. Wenn Lucy eingecheckt hatte, konnten sie ohnehin nicht mehr bleiben. Sie verriet Erica allerdings nicht, daß sie überhaupt nicht wußte, ob Clutch noch einmal anrufen würde.

»Ich werde mit Heather reden«, versprach Erica.

Lucy wußte, Erica hatte ihre eigene Methode, Heather zu überzeugen. Zwillinge waren eben eng miteinander verbunden. Lucy hatte die Zwillinge immer beneidet. Sie waren ein Paar, selbst wenn sie verschiedene Dinge taten. Es mußte wunderbar sein, eine Schwester zu haben – eine Art vorgefertigte Freundin, die immer für einen da war. Das beste daran war, daß man niemals allein war.

Plötzlich merkte Lucy, daß ihre Mutter unter der Tür stand.

»Bist du noch immer am Telefon?« sagte sie. »Es ist beinahe halb elf.«

Lucy flüsterte: »Bye«, und legte auf. »Nein, nicht mehr«, sagte sie rasch.

»Ihr habt am Wochenende doch genügend Zeit zum Tratschen.«

»Ich geh' schlafen.«

»Muß ich dich am Freitag abend bei den Zwillingen abliefern?« fragte ihre Mutter.

»Nein, nein ... Ich gehe gleich nach der Schule mit zu ihnen.«

»Was ist mit deinen Sachen, deinen Kleidern und ... deiner Zahnbürste?« Ihre Mutter blickte etwas verwundert drein.

»Oh, das stecke ich alles in meinen alten Matchsack und nehme ihn mit in die Schule.«

»Brauchst du sonst noch etwas?«

Jetzt ist die richtige Zeit, sagte sich Lucy. Ich muß sie um etwas Geld bitten. Morgen ist es zu spät.

»Mam, meinst du, ich könnte mir von dir etwas Geld ausleihen?« fragte Lucy. Sie spürte, wie sie rot wurde.

»Wieviel?«

»Fünfzig Dollar«, sagte Lucy.

»Wofür?« erkundigte ihre Mutter sich erstaunt.

Lucy hatte die Geschichte bereits im Geiste geprobt. Hoffentlich nimmt sie sie mir ab, betete sie im stillen.

»Die Großmutter der Zwillinge hat gesagt, sie will uns Kleider für den Abschlußball machen. Sie kommt am Wochenende zu ihnen und nimmt Maß und all so was«, sagte Lucy.

»Ist das Geld also fürs Nähen oder für den Stoff?« fragte ihre Mutter.

»Für beides«, antwortete Lucy prompt.

»Das ist ja wundervoll«, meinte ihre Mutter.

»Sie macht uns tolle Outfits«, schwärmte Lucy.

Sie wußte, die Schlacht war gewonnen.

11. Kapitel

Lucy quetschte sich etwas Shampoo in die Handfläche und rieb es sich ins Haar. Es war Mittwoch morgen, und sie war früh aufgewacht, also beschloß sie, sich das Haar zu waschen. Sie wußte, das nächstemal machte sie das mit Sicherheit in ihrem eigenen Badezimmer. »Noch ein Tag«, sang sie unter der Dusche. Morgen ist Donnerstag, und am Freitag bin ich weg.

Sie konnte es kaum erwarten, in die Schule zu kommen und LD zu berichten, daß sogar das Geldproblem gelöst war. Sie würde niemandem erzählen, was sie ihrer Mutter gesagt hatte – das war allein ihre Sache –, aber sie hatte alles in den Griff bekommen, das allein zählte. Das Wichtigste war jetzt herauszufinden, ob sie sich noch auf Clutch verlassen konnte. Der letzte Abend mit ihm hatte ja nicht allzugut geendet. Ob er noch immer böse auf sie war?

Als Lucy in die Schule kam, herrschte bei den Spinden große Aufregung. Einige der Kids unterhielten sich über die Abschlußprüfung im Juni. Alle wollten sie im Festkomitee für die Abschlußfeier mitmachen. Lucy konnte nicht begreifen, wie sich jemand über etwas aufregen konnte, was im Juni stattfand. Das war doch noch so weit weg. Sie entfernte sich von den kleinen Häufchen Diskutierender und kam sich seltsam losgelöst und überlegen vor.

»Weißt du was«, sagte LD, die mit Lucy im ersten Kurs zusammen war, »ich bin heute morgen aufgewacht, und da wurde mir klar, daß es nur noch einen Tag dauert.«

»Ich weiß, ich kann's kaum erwarten«, erwiderte Lucy.

»Ich hoffe bloß, alles klappt«, sagte LD.

Lucy schenkte LD ein nachsichtiges Lächeln. LD war ein solcher Angsthase, aber das war schon richtig, denn es war ihre Art zu zeigen, daß ihr Lucy nicht gleichgültig war. Wenigstens zeigte sie ihre Gefühle ehrlich. Einen verrückten Moment lang hatte Lucy den Wunsch, aufzustehen und der ganzen Klasse zu sagen: »Schaut mich an, ich werde etwas absolut Phantastisches machen.« Alle würden vor Neid erblassen. Bestimmt wäre es ein großartiges Gefühl und würde den dunklen Schatten für immer verscheuchen. Wenn man sich gut fühlte, ließen sich Probleme am besten verdrängen.

Der Rest des Tages huschte nur so vorüber. Lucy driftete, in ihre Traumwelt versunken, von einem Klassenzimmer ins andere. Sie machte sich nicht einmal die Mühe, die Angaben für die Hausaufgaben zu notieren. All das mußte warten. Vielleicht komme ich nicht mehr zurück, dachte sie, vielleicht werde ich eine Inselvagabundin, vielleicht finde ich einen Job ...

Sie hatte schon von jungen Leuten gehört, die so etwas machten. Alles mögliche konnte geschehen.

Nach der Schule ging Lucy mit LD nach draußen. Dort erwartete sie eine große Überraschung, denn auf der anderen Straßenseite saß Clutch wartend in seinem Auto. Alles ist in Ordnung, dachte Lucy. Wenn er noch böse wäre, würde er nicht hier aufkreuzen. Ein paar Kids umstanden seinen Wagen. Das Clutchmobil zog jedesmal die Aufmerksamkeit auf sich. Sechzehn zu werden und Autofahren zu lernen war für alle von größter Wichtigkeit, auch wenn die meisten von ihnen erst sehr viel später Gelegenheit haben würden, ein Auto in die Hände zu bekommen.

»Wartet der auf dich?« fragte LD und versetzte Lucy einen Rippenstoß.

»Ich weiß nicht.« Lucy grinste nervös und fuhr sich mit den Fingern durchs Haar, um es aufzuschütteln.

»Na, dann verzieh' ich mich lieber«, seufzte LD.

»Macht's dir etwas aus?« fragte Lucy.

»Warum sollte es das? Er ist dein Freund.«

»LD, er ist wirklich sehr nett. Man muß ihn nur besser kennenlernen.« Lucy versuchte, Clutch zu verteidigen.

»Sorg nur dafür, daß er am Freitag pünktlich ist.«

Lucy sah LD nach. LD war einfach nicht bereit, ihre Meinung über Clutch zu ändern. Na schön, vielleicht ist es ganz gut so, dachte Lucy, während sie auf das Clutchmobil zuging. Zwei Mädchen, die sie nicht kannte, lehnten am Auto und redeten mit Clutch. Der warf den Kopf zurück und lachte, und Lucy merkte, daß die Mädchen Clutch hinreißend fanden. Sie sahen dumm aus und versuchten offensichtlich zu flirten. Je näher sie dem Auto kam, um so unfreundlicher starrten die beiden sie an.

»Störe ich etwa?« fragte Lucy.

»Nein, ich hab' auf dich gewartet«, erwiderte Clutch sofort.

»Entschuldigung«, sagte Lucy und schob sich an dem blonden Mädchen vorbei.

Das Mädchen löste sich langsam von der Tür. Sie grinste Lucy dämlich an und sah zu, wie sie ins Auto stieg. Clutch ließ den Motor an. Das Mädchen schmachtete Clutch an und sagte: »War toll, sich mit dir zu unterhalten. Bis zum nächstenmal, okay?«

Clutch lächelte sie strahlend an und wendete den Wagen. Lucy war ein wenig gereizt.

»Hi«, sagte Clutch und sah sie aus dem Augenwinkel an.

»Wer war das?« fragte Lucy.

»Ich weiß nicht«, antwortete Clutch achselzukkend.

»Ach, tatsächlich...« Lucys Stimme triefte förmlich vor Sarkasmus.

»Ehrlich«, sagte Clutch mit ausdruckslosem Gesicht, dann begann er zu lachen.

Auch Lucy kicherte. Das blonde Mädchen zeigte sein Interesse an Clutch so deutlich und war so wütend auf Lucy. Clutch schien das für sehr lustig zu halten. Und das war es auch, aber nur, weil Lucy wußte, daß Clutch auf *sie* gewartet hatte.

»Clutch, es tut mir leid wegen gestern abend...«

»Schon okay. Ich dachte, deine Mutter ist vielleicht doch nicht so cool, wie du erzählst.«

»So ähnlich...«, murmelte Lucy.

»Mach dir nichts draus, Lucy.« Clutch lächelte sie herzlich an.

Lucy erwiderte dieses warme Lächeln. Alles läuft bestens, sang eine kleine Stimme in ihrem Inneren.

»Weißt du, ich hab' über deinen ... eh ... Ausstieg nachgedacht«, sagte Clutch sehr langsam.

»Was ist damit?«

»Möchtest du dabei vielleicht Gesellschaft?«

»Was meinst du?«

»Nun«, sagte Clutch, »es würde mir nichts ausmachen, dich zu begleiten.«

Lucy sah Clutch erschrocken an und wußte gar nicht, was sie sagen sollte. Wie konnte Clutch sie begleiten? Schließlich gingen sie nicht zu einem Rock-Konzert. Sie unternahm eine Ferienreise, die sie gebucht und für die sie bezahlt hatte. Niemand hatte etwas davon gesagt, daß Clutch mitkommen sollte.

»Ich hab' da so ein Sparkonto für meine Universitätsausbildung, davon könnte ich etwas abzweigen«, fügte Clutch hinzu.

Lucy wurde von Panik ergriffen und mußte heftig schlucken. Clutch erwartete, daß sie etwas sagte, aber sie saß da wie vom Donner gerührt. Das fing schon wieder genauso an wie gestern abend.

»Also, was meinst du?« fragte Clutch und parkte in der Einfahrt zu ihrem Haus.

»Clutch, ich weiß nicht ... das ist mein Trip ... ich meine ... ich will ihn wirklich ganz allein machen.«

»Yeah, schon, aber bedenk doch, was wir für 'ne großartige Zeit miteinander haben könnten«, Clutch warf ihr einen verführerischen Blick zu.

Oh, nein, dachte Lucy. Das wird wieder genauso wie gestern abend. Clutch wollte sich in ihr Abenteuer einklinken, aber das wollte sie auf keinen Fall. Wie sollte sie ihm das nur beibringen, ohne ihn zu verletzen? Er sah sie mit einem erwartungsvollen Lächeln an. Lucy holte tief Atem und wandte sich ihm zu.

»Clutch, ich weiß nicht, wie ich's dir sagen soll, aber ich mach' das ganz allein.«

Clutch sagte kein Wort, und die Stille im Auto war ohrenbetäubend. Lucy sah niedergeschlagen vor sich hin, denn Clutch war ohne Frage eingeschnappt. Nun überlegt er, wie er aus der ganzen Sache rauskommt, dachte Lucy.

»Ich mag dich sehr«, sagte sie leise.

Clutch sah mit einem unzufriedenen Gesichtsausdruck aus dem Fenster.

»Es ist nur so, ich hatte einfach nicht vor, mit jemandem zusammen zu fahren«, fuhr Lucy fort.

»Klar.« Clutch drehte sich zu ihr und sah sie an. »Okay, hab' die Botschaft schon verstanden.«

»Möchtest du 'ne Weile mit reinkommen?« fragte Lucy, um ihn für die unangenehme Nachricht zu entschädigen.

»Nee... ich glaub' nicht...«

»Oh, Clutch«, sagte Lucy, »es tut mir echt leid...«

Sie stieg aus dem Auto und schloß die Tür. Unschlüssig sah sie Clutch an. Er hingegen wirkte kribbelig, als wünschte er, sonstwo zu sein. Er nickte ihr kurz zu und fuhr rückwärts aus der Einfahrt. Lucy winkte und sah dem Clutchmobil nach, das die Straße hinunterbrauste und um die Ecke verschwand. Über die Fahrt zum Flughafen war kein Wort gefallen. Lucy wußte nicht, was sie denken sollte. Wie konnte sie Clutch deswegen noch einmal fragen? Aber sie mußte es tun, und zwar sehr bald.

Lucy stieg die Vordertreppe hinauf und war froh, zu Hause und allein zu sein. Was, um alles in der Welt, hatte Clutch bloß auf die Idee gebracht? Sie begann sich schuldig zu fühlen. Dann verwarf sie diese Gedanken wieder. Was bildete Clutch sich überhaupt ein? Sollte das immer so weitergehen? Würde er sie immer dazu zwingen wollen, Dinge zu tun, die sie nicht tun wollte? Wenn sie ihm von dem Trip nichts gesagt hätte, wäre diese Situation gar nicht entstanden. Vielleicht erweckte sie bei Clutch einen falschen Eindruck? Möglicherweise hatte LD in bezug auf Clutch doch recht.

Lucy öffnete den Kühlschrank und zupfte an dem Karottenkuchen herum, der auf der obersten Ablage stand. Dann holte sie eine Cola heraus und ging nach oben in ihr Zimmer. Dies war die richtige Zeit, ihr Gepäck noch ein letztesmal zu überprüfen. Erica hatte ihr den Rat gegeben, lieber etwas Sonnenschutzcreme mitzunehmen. Auch wenn Lucy dunkler war als die Zwillinge, bekam sie Sonnenbrand. Erica hatte ebenfalls vorgeschlagen, eine Sonnenbrille mitzunehmen. »Große Verkleidung«, hatte Erica gesagt, und Lucy mußte ihr beipflichten. Es mußte noch dies und das in den Matchsack gestopft werden, und Lucy wollte es tun, ehe ihre Mutter von der Arbeit nach Hause kam.

Sie zog den Matchsack unter dem Bett hervor und leerte seinen ganzen Inhalt auf dem Bett aus. Dann faltete sie alles ordentlich wieder zusammen – drei Paar Shorts mit eng anliegenden Tops, ein Bikini, zwei Röcke und ein Wickelkleid aus Jersey. Lucy merkte, daß sie Unterwäsche vergessen hatte, also ging sie zur Kommode und suchte etwas aus – und da fiel ihr ein, daß sie keine Sandalen hatte. Ihr letztes Paar Sommersandalen war abgetragen gewesen, und sie hatte sie weggeworfen. Es war keine Zeit mehr, andere zu besorgen, deshalb schlüpfte sie in ihre rosa Espandrillos. Die mußten genügen. Außerdem lief auf der Insel ohnehin sicherlich jeder barfuß.

Sie fand auch ihre Sonnenbrille. Es war keine wirklich große, geheimnisvolle, sondern eine aus der Queen Street mit rotem Plastikgestell. Lucy setzte sie auf und betrachtete sich im Spiegel. Zu ihrem Bikini würde sie abscheulich aussehen. Aber sie nahm sie mit, nur für alle Fälle, doch sie würde sie ganz bestimmt niemals tragen.

Zwanzig Minuten später war der Matchsack zum letzten und endgültigen Mal gepackt. Lucy beschloß, LD anzurufen und ihr zu erzählen, daß sie absolut fertig war. Aber auf LDs Frage war sie nicht gefaßt:

»Ich hab' über diesen Trip nachgedacht«, sagte LD. »Hör mal zu, hast du einen Paß oder irgendeine Art von Personalausweis?«

Entsetzt riß Lucy den Telefonhörer vom Ohr. Sie wußte nicht einmal, ob sie einen Paß besaß!

»Na, hast du?« trompetete LD durch den Hörer.

»Ich weiß nicht ... Oh, LD *alles* geht schief – zuerst Clutch und jetzt das!« Lucys Stimme wurde schrill und hysterisch.

»Na, dann ruf lieber das Reisebüro an und erkundige dich, ob du so was brauchst – und was hat dieser Mistkerl gemacht?«

Lucy konnte nicht antworten. Das war nicht die richtige Zeit für Erklärungen, und sie konnte es nicht ertragen, LD »Ich hab's dir ja gesagt« sagen zu hören.

»Nun, wirst du mir's erzählen oder nicht?« fragte LD.

»Hör zu, ich muß sofort auflegen und das Reisebüro anrufen«, sprudelte Lucy heraus.

»Lucy«, kreischte LD, »wag es nicht aufzulegen ... was hat Clutch getan?«

»LD, ich kann jetzt nicht darüber reden«, erwiderte Lucy und knallte den Hörer auf die Gabel.

12. Kapitel

Lucy durchwühlte die Schreibtischschubladen ihres Vaters und untersuchte alles gründlich. Hier bewahrten ihre Eltern wichtige Papiere auf, aber keine Spur von irgendwelchen Pässen. Sie hatte beim Reisebüro angerufen, aber es war geschlossen. Der große Schreibtisch mit all seinen Schubladen mußte einfach etwas Derartiges enthalten. Aber sie fand nichts, außer Rechnungen und Stößen von Scheckbüchern und Papieren über das Haus. Da war ein weißer Umschlag, auf dem »Lucy« stand. Sie öffnete ihn rasch. Das zusammengefaltete Papier entpuppte sich als ihre Geburtsurkunde. Lucy steckte sie in den Umschlag zurück. Dann ging sie mit dem Umschlag in ihr Zimmer und steckte ihn in ihren Matchsack.

Sie wählte LDs Nummer mit zitternden Händen.

»Ich hab' eine Kopie meiner Geburtsurkunde.«

»Lucy, ich denke, es ist besser, du rufst das Reisebüro an und erkundigst dich«, sagte LD.

»Die haben geschlossen.«

»Oh, Mann!«

»Das mach' ich morgen als erstes«, sagte Lucy.

»Bist du jetzt bereit, mit mir über Clutch zu reden?« fragte LD.

»Es ist nichts.«

»Lucy, ist es dir ernst mit ihm?«

»Ja und nein«, sagte Lucy. Jetzt konnte sie ihr ebensogut die Wahrheit sagen.

»Was soll das nun wieder bedeuten?« LDs Stimme klang entrüstet.

»Beruhig' dich bloß wieder. Es ist nichts, was ich nicht in den Griff kriege.«

»Du weißt, daß er verrückt ist?«

»Yeah«, sagte Lucy. »Deswegen mag ich ihn ja.«

Sie erkannte, daß dies stimmte, obwohl seine Verrücktheit ihr manchmal angst machte.

»Oh, Lucy.« LD schien sehr ernst zu sein. »Warum glaubst du, wird er Mr. Action genannt?«

»Weil er so aufregend ist und jeder ihn beneidet«, sagte Lucy schnell.

LD schwieg einen Moment. »Okay, Lucy, ich warne dich nur«, sagte sie.

»LD, ich will im Moment nichts über Clutch hören.«

»Okay ... Ich hab' die Botschaft verstanden ... Bis morgen.« LD legte auf.

Das war heute schon das zweitemal, daß jemand gesagt hatte: »Ich hab' die Botschaft verstanden«, dachte Lucy. Aber sie hatten sie nicht wirklich verstanden. Dort stand, daß sie in New York geboren war. Aber dann waren ihre Eltern nach Kanada gezogen. Lucy erinnerte sich, daß ihr Vater ihr einmal gesagt hatte, sie sei kanadische Staatsbürgerin. Bedeutete das, daß sie einen Paß besaß? Sie mußte ihre Mutter fragen, und zwar ohne Mißtrauen hervorzurufen.

Lucy lief im Haus herum und kaute an ihren Fingernägeln. Es war ein gräßliches Gefühl, im letzten Moment einen unerwarteten Haken zu entdecken. Warum hatte nicht schon vorher jemand daran gedacht?

Als ihre Mutter nach Hause kam, mußte Lucy sich beherrschen, um nicht aufzuspringen und sie sofort zu fragen. Sie wußte, sie mußte ganz lässig bleiben.

»Hallo, Liebling. Das war ein langer Tag ... Ich bin wirklich reif für's Wochenende«, sagte ihre Mutter.

»Hi, Mam«, sagte Lucy.

»Laß mir nur eine Minute Zeit, um mich umzuziehen, dann kümmere ich mich ums Abendessen.«

Lucy schlenderte hinter ihrer Mutter her ins Schlafzimmer. Ihre Mutter schlüpfte aus den Schuhen und hängte ihre Kostümjacke auf einen Bügel.

»Mam, haben wir Pässe?« stieß Lucy hervor. Sie konnte nicht länger an sich halten.

Ihre Mutter sah sie überrascht an. »Nun, Daddy und ich haben welche, aber wir sind noch nicht dazu gekommen, dir einen ausstellen zu lassen. Warum fragst du?«

Lucy starrte ihre Mutter an. Millionen von Gedanken rasten durch ihr Gehirn, einer schlimmer als der andere.

»Hast du vor zu verreisen?« Ein etwas schiefes Lächeln lag auf dem Gesicht ihrer Mutter.

Lucy fuhr zusammen, als hätte sie einen elektrischen Schlag bekommen.

»Was ist los, Lucy?«

Ruhig Blut, dachte Lucy. »Oh, nichts«, sagte sie. »Es ist nur so, daß in der Schule jemand darüber gesprochen hat, und da fragte ich mich ... ob ich auch einen hab'.« Sie versuchte, so gelassen zu klingen wie möglich.

»Macht eine deiner Freundinnen eine Reise?«

»Ja, ich glaube, irgendwo in die Karibik. Du weißt schon, auf eine von diesen Inseln.«

»Glückliches Mädchen. Ich hätte nichts dagegen, wenn ich mich jetzt auch auf so einen Sonnenfleck absetzen könnte«, sagte ihre Mutter.

Lucy sah ihre Mutter an. Ahnte sie etwas? Aber ihre Mam war damit beschäftigt, einen Hausanzug aus Velours anzuziehen, und schien das Thema abgeschlossen zu haben.

»Kann man ohne Paß verreisen?«

»Manchmal. Was willst du zum Abendessen haben, Lucy?«

»Wie wär's mit einem von deinen Salaten?« schlug Lucy vor. Essen war nun wirklich das letzte, was sie interessierte.

»Schön, gehen wir hinunter und sehen wir, was wir finden können.« Ihre Mutter wandte sich der Tür zu.

Lucy blieb noch eine Weile im Zimmer ihrer Mutter. Sie konnte keine weiteren Fragen stellen, das würde ihre Mam dann wirklich mißtrauisch machen. Sie war der Wahrheit ohnehin schon bedenklich nahegekommen. Langsam wurde es gefährlich. Ihr Magen hatte sich verknotet, und ihr Mund war ganz trocken. Ob sie einen Paß brauchte oder nicht, das wußte sie noch immer nicht. Lucy rief LD vom Apparat ihrer Mutter an.

»LD«, flüsterte sie. »Ich werde verrückt, ich weiß nicht, was ich tun soll.«

»Ist deine Mam da?«

»Yeah, ich meine nein ... ich meine, sie ist unten.«

»Na, und was hat sie gesagt?« fragte LD ungeduldig.

»Ich hab' keinen Paß, aber man braucht ihn nicht immer.«

»Junge, Junge! Lucy, du solltest dich lieber erkundigen.«

»Wie denn?« flüsterte Lucy verzweifelt.

»Lucy!« Die Stimme ihrer Mutter ertönte von unten.

»Ich muß gehen, LD«, sagte Lucy eiligst.

»Aber was willst du machen?«

»Ich weiß es nicht«, stöhnte Lucy ins Telefon, »ich weiß es einfach nicht.«

Lucy ging langsam nach unten. Vielleicht wußten die Zwillinge oder sogar Clutch eine Möglichkeit, heute abend noch herauszubekommen, was sie wissen mußte. Auf ein kleines gemütliches Plauder-Abendessen mit ihrer Mutter war sie im Moment wirklich nicht scharf. In der Küche briet ihre Mam in einer Pfanne Omeletts. Eine große Schüssel voll Salat stand bereits auf dem Tisch.

»Ich mache uns Käseomeletts zum Salat«, verkündete ihre Mutter lächelnd.

Lucy zog einen Stuhl hervor und setzte sich. Ihre Mutter ließ ein flockiges Omelett auf ihren Teller gleiten. Geschmolzener Käse quoll an den Seiten heraus. Eigentlich hatte Lucy überhaupt keinen Hunger, aber sie wußte, sie mußte sich auf jeden Fall durch dieses Abendessen hindurchquälen.

»Ich finde, ein bißchen Weißwein würde ganz gut

mit hinunterrutschen«, meinte ihre Mutter. »Möchtest du kosten?«

»Nein, danke«, sagte Lucy.

Ihre Eltern waren verrückt nach Wein und redeten eine Menge darüber. Manchmal, wenn sie eine Flasche besonders guten Wein zum Essen aufmachten, bekam Lucy ihre Lektion. Sie schenkten ihr ein Schlückchen davon ein, und sie mußte dann kosten und ihr Urteil darüber abgeben. Für Lucys Begriff schmeckten sie alle abscheulich. Dann bedachten ihre Eltern sie mit diesem komischen Erwachsenenlächeln, und sie kam sich ausgeschlossen vor, beinahe, als hätten die beiden ihre eigene private Welt, in der sie nur ein amüsantes Spielzeug darstellte.

Ihre Mutter schenkte sich ein Glas Wein ein, hob es an den Mund und sagte: »Bon appétit.«

Lucy schnitt ihr Omelett in kleine Quadrate und schob diese auf ihrem Teller herum. Ihr Salatteller stand unberührt neben ihrem Platz. Ihre Mutter hingegen aß mit großem Appetit. Und dazwischen nahm sie immer wieder einen Schluck Wein.

»Du ißt ja nicht, Lucy.«

Lucy sah von ihrem Teller auf, wo ein kleiner Berg von Omelettquadraten darauf wartete, aufgegessen zu werden.

»Ich hab' keinen Hunger, Mam.«

»Was ist denn los? Erzähl mir bloß nicht, daß du dich mit diesem Karottenkuchen vollgestopft hast!«

»Ich fühl' mich nicht so großartig... Ich hab' einfach keinen Hunger.«

Die Entschuldigung kam sogar Lucy recht lahm vor.

»Ich hoffe, du brütest nicht irgend was aus.« Ihre

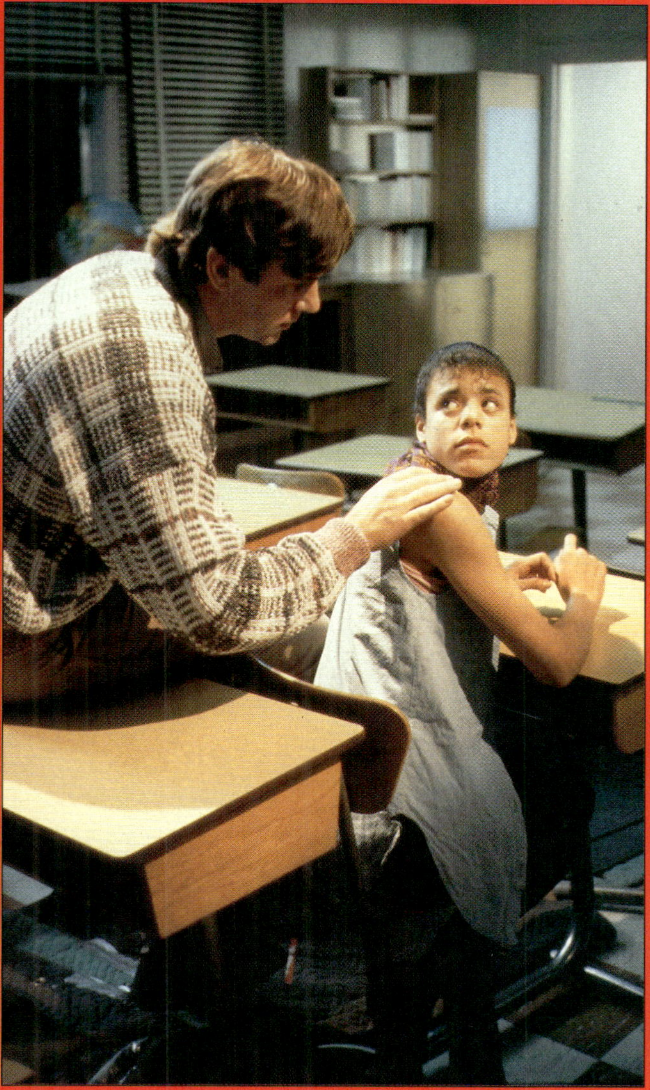

IT CREEPS!
IT CREEPS!

Mutter beugte sich vor und berührte Lucys Stirn. »Hmm, du fühlst dich ein bißchen warm an.«

»Mam«, sagte Lucy und stieß sich vom Tisch ab, »ich hoffe, du hast nichts dagegen, aber ich möchte hinaufgehen und mich hinlegen.«

»Okay, Lucy. Früh zu Bett zu gehen wird dir guttun. Vor allem, da keine von euch an diesem Wochenende viel schlafen wird.«

Lucy nahm ihren Teller und stellte ihn in die Spüle.

Wenn ihre Mutter wüßte, was am Wochenende geschah! Sie ging in ihr Zimmer hinauf und zog das Nachthemd an. Als sie auf dem Bett lag, war ihr wirklich ein bißchen übel. Ich muß mir wirklich etwas einfallen lassen, dachte sie verzweifelt. Wann machte das Reisebüro morgens auf? Sie mußte während der ersten Stunde das Klassenzimmer verlassen, um zu telefonieren. Es hatte keinen Sinn, jetzt noch jemand anzurufen.

Kurz bevor Lucy das Licht ausknipsen wollte, kam ihre Mutter ins Zimmer und befühlte noch einmal ihre Stirn.

»Gut. Ich glaube nicht, daß du erhöhte Temperatur hast.«

»Wird schon wieder. Ich schlafe jetzt, Mam.« Lucy vermied es, ihrer Mutter in die Augen zu schauen.

So einfach war das alles nicht. Lucy warf sich stundenlang herum. Sie wünschte, sie könnte ihre Gedanken ausschalten, wie man einen Fernseher ausschaltete. Was ist bloß mit meiner Gelassenheit passiert? dachte Lucy. Warum kann ich keinen klaren Kopf bewahren? Immer, wenn sie aufhörte, an eine Schwierigkeit zu denken, tauchte eine andere auf. Sie sah sich auf eine Fahrt zum Flughafen warten – während Clutch mit dem blonden Mädchen neben sich im Auto saß. Und auf dem Auto stand »Mr. Action«. Dann sah sie sich am Flugplatz stehen, und jemand in Uniform fragte sie nach ihrem Paß. LDs Warnungen gingen ihr im Kopf herum. Sie kam sich vor wie auf einem Karussell, das niemals anhielt. Es mußte einen Ausweg geben. Und diesen Ausweg mußte sie finden, oder ihre Traumferien würden ins Wasser fallen. Wenn das geschah, wie, um alles in der Welt, sollte sie ihren Freundinnen oder Clutch gegenübertreten? Das war ein gräßlicher Gedanke, und er verließ sie nicht, bis sie einschlief.

13. Kapitel

Als Lucy am nächsten Morgen erwachte, beugte sich ihre Mutter über sie.

»Wie fühlst du dich, Lucy?«

»Gut«, sagte Lucy verschlafen.

»Vergiß nicht zu frühstücken«, sagte ihre Mutter, tätschelte ihr die Wange und ging.

Lucy stand auf und eilte ins Badezimmer. Heute morgen wollte sie keine Zeit zu Hause vertrödeln. Es gab ein großes Problem, das gelöst werden mußte.

Als sie zur Schule kam, erwarteten sie LD, Erica und Heather auf der Treppe und sahen ihr entgegen. Alle drei machten besorgte Gesichter, und Lucy sank das Herz bei ihrem Anblick. Offensichtlich hatten sie über sie geredet. LD mußte ihnen von der gestrigen Unterhaltung erzählt haben.

»Hi, Lucy«, grüßten die Zwillinge im Chor.

LD warf ihr nur einen sorgenvollen Blick zu.

»Es ist schon okay, ich rufe um neun Uhr das Reisebüro an«, sagte Lucy.

»Ich glaube nicht, daß solche Läden vor zehn aufmachen«, zirpte Heather.

»Ich probier's trotzdem«, antwortete Lucy knapp.

Alle vier gingen schweigend zu ihren Spinden. Überall an den Wänden der Schule klebten Poster, auf denen um freiwillige Helfer und Vorschläge für die Gestaltung der Abschlußfeier geworben wurde. Lucy bemerkte sie kaum, sie war in Gedanken Millionen Meilen weit weg. Es war zehn Minuten vor neun – noch zehn Minuten, ehe sie erfuhr, wie ihr Schicksal lautete.

In der ersten Stunde hatten sie Mr. Raditch. Sobald er hereinkam, setzten sich alle. Lucy wartete fünf Minuten, ehe sie ihre Hand hob.

»Darf ich mich eine Minute entschuldigen?« fragte sie.

Mr. Raditch sah Lucy an und nickte. Sie stand auf und ging auf die Tür zu. Über die Schulter sah sie, wie LD unhörbar ihre Lippen bewegte. LD kreuzte die Finger beider Hände und hielt sie so, daß Lucy sie sehen konnte. Ja, dachte Lucy im stillen, ich kann alles Glück dieser Welt jetzt dringend brauchen.

Lucy blickte den Gang hinab und hinauf. Das einzige Telefon, das die Schüler der Degrassi Junior High benutzen durften, stand im Büro. Man mußte zu Doris hinaufgehen und ihr erklären, weshalb man telefonieren wollte. Und wenn man dann telefonierte, saß Doris ganz dicht daneben und tat so, als höre sie nicht zu. Jedermann wußte, daß sie alles hörte. Dieses Telefon konnte Lucy also nicht nehmen. Das andere war im Lehrerzimmer. Während sie dorthineilte, betete Lucy, es möge leer sein. Es war die erste Stunde, und alle Lehrer sollten sich eigentlich in ihren Klassenräumen aufhalten.

Sehr leise öffnete Lucy die Tür. Das Zimmer war leer! Sie raste zum Telefon, das auf einem kleinen Tischchen stand. Es war fünf Minuten nach neun. Mit zitternden Fingern wählte sie die Nummer des Reisebüros. Es läutete fünfmal, dann wurde abgehoben.

»Ferienparadies, guten Morgen«, sang eine Stimme am anderen Ende der Leitung.

»Ich hätte gern eine Information, bitte«, sagte Lucy.

»Wie kann ich Ihnen helfen?«

»Braucht man für eine Reise auf die Bahamas einen Reisepaß?«

»Nicht, wenn Sie kanadischer Bürger sind«, antwortete die Reisebüro-Angestellte. »Aber Sie brauchen irgend etwas, womit Sie sich ausweisen können. Ein Führerschein zum Beispiel oder eine Geburtsurkunde genügen.«

»Danke, vielen Dank!« quiekte Lucy ins Telefon.

Sie knallte den Hörer auf die Gabel und wirbelte im Lehrerzimmer herum. Es war alles vorbei – all ihre Sorgen und das bedrückende Gefühl der Ohnmacht –, alles vorbei! Morgen war sie weg, genauso wie sie es geplant hatte! Am liebsten wäre sie singend und jubelnd den Gang entlanggerannt. Aber zuerst mußte sie aus dem Lehrerzimmer rauskommen, ohne daß jemand sie sah.

Lucy steckte ihren Kopf zur Tür hinaus und sah sich um. Der Gang war leer. Hüpfend und springend eilte sie in ihr Klassenzimmer zurück. Mr. Raditch stand an der Tafel. Drei ängstliche Augenpaare folgten Lucy zu ihrem Platz. Lucy verzog ihr Gesicht zum breitesten, glücklichsten Lächeln und hielt ihren Daumen triumphierend in die Höhe.

Nach Beendigung der ersten Stunde stürzten sich die Zwillinge und LD auf sie.

»Was, was, was?« drängte Erica.

»Ich brauche keinen Paß«, flüsterte Lucy.

»Ich bin ja so froh, Lucy. Wir haben uns *solche* Sorgen gemacht!« Heather drückte Lucys Arm.

»Ich hab's gewußt«, gluckste Erica. »In deinem Horoskop stand, daß du ein großes Hindernis überwinden wirst.«

»Oh, du bist so ein Schaf, Erica!« explodierte LD. »Irgend etwas kann noch immer schiefgehen.«

»Was meinst du damit?« fragte Lucy verärgert.

»Du hast noch immer den morgigen Tag vor dir.«

»LD, alles wird gehen wie geschmiert.«

Lucy war richtig schwindlig, sie fühlte sich emporgetragen von einer Erregung, die alles in den schönsten Farben erscheinen ließ. Sie fühlte sich lebendig und furchtlos. Später an diesem Nachmittag erzählte sie LD und den Zwillingen, daß Clutch hatte mitkommen wollen. Eigentlich hatte sie nicht vorgehabt, davon zu reden, aber es purzelte nur so aus ihr heraus. LD verdrehte die Augen bei dieser Nachricht.

Erica warf ihre Locken zurück. »Warum nicht? Ich stelle es mir toll vor, mit jemand wegzulaufen, der so gut aussieht wie Clutch.«

»Yeah, und dann endet es damit, daß du im selben Zimmer wie er schläfst«, sagte Heather sarkastisch.

»Ich schlafe ganz allein in einem Zimmer mit tropischer Brise«, kicherte Lucy.

»Lucy, das mit Clutch ... ich weiß nicht recht. Ich mach' mir seinetwegen wirklich Sorgen wegen morgen«, sagte LD.

Lucy überhörte LDs Bemerkung. Sie sorgte sich noch zu Tode. Das war das einzige Negative an LD, aber man gewöhnte sich daran. Alles andere an LD war großartig, sie war die beste Freundin, die man sich nur wünschen konnte.

»Wer kommt mit uns zum Flughafen?« fragte Lucy und sah alle drei an.

»Wir können nicht. Ich halte es für keine gute Idee«, sagte Heather.

»Ich komme mit«, sagte LD.

»Ich wollte wirklich mitkommen, Lucy, aber...« Erica hob entschuldigend die Schultern.

»Schon okay«, sagte Lucy rasch. Sie wollte zwischen Erica und Heather keine Unstimmigkeiten heraufbeschwören. Beide waren bereit, für sie den Kopf hinzuhalten, und das allein zählte. Was keine von beiden wußte, war, daß Lucys Mam niemals bei ihnen zu Hause anrufen würde. Nach der Schule, als Lucy mit LD nach Hause ging, drückte ihr LD einen kleinen Umschlag in die Hand. Dreißig Dollar waren darin.

»Danke, LD. Ich zahl' sie dir zurück«, versprach Lucy.

»Ist schon in Ordnung«, LD begann zu lachen.

»Was ist daran so komisch?« fragte Lucy.

LD lachte haltlos, schließlich keuchte sie: »Ich wollte schon sagen ›und verlaß die Stadt nicht‹.«

Lucy stimmte in ihr Lachen ein. Sie verließ zwar die Stadt, aber sie würde schon dafür sorgen, daß LD das Geld zurückbekam. Mit den fünfzig Dollar, die ihre Mutter ihr gegeben hatte, machte das achtzig. Die Reise war mit Vollpension gebucht, das Geld war also praktisch Taschengeld. Sie würde für ihre drei Freundinnen Geschenke kaufen und den Rest für Unvorhergesehenes aufheben.

Nachdem sie sich von LD verabschiedet hatte, raste Lucy nach Hause. Sie mußte unbedingt Clutch anrufen und dafür sorgen, daß er sie morgen zum Flugplatz fuhr. Sie wollte nicht, daß er direkt vor dem Haupteingang parkte. Schließlich hatte sie vor, die Schule zu schwänzen, und es war bestimmt keine gute Idee, sich beim Verlassen des Gebäudes erwischen zu lassen. Falls sie mit einem Lehrer zusammenstoßen sollte, würde es eine Menge Fragen geben.

Clutch nahm den Hörer beim ersten Klingelzeichen ab. »Hi«, sagte er.

»Clutch...«, begann Lucy ein wenig ängstlich.

»Morgen ist also der große Tag.« Er hörte sich okay an.

»Ja«, sagte Lucy. Wenigstens war er nicht böse auf sie.

»Alles gepackt?«

»Gilt das noch, daß du mich fährst?«

Es entstand eine kleine Pause, und Lucys Herz sank.

»Klar.«

»Oh, danke.« Lucy stieß einen erleichterten Seufzer aus. Dann fügte sie hinzu: »Clutch, wir müssen von der Schule abhauen, ohne daß uns jemand sieht.«

»Mach dir keine Gedanken, das laß mal meine Sorge sein. Möglicherweise hab' ich auch eine Überraschung für dich.«

»Eine Überraschung?«

»Yeah, etwas, was du mitnehmen kannst...«

»Oh... Ich kann's kaum erwarten«, sagte Lucy. Clutch war in Ordnung. Es war besser, sie sagte ihm jetzt gleich alles. »Clutch, ich finde, ich sollte dich darauf vorbereiten. LD kommt auch mit zum Flugplatz.«

Es entstand eine Pause. Was ist bloß mit den beiden los, dachte Lucy. Sie kennen sich nicht einmal, und trotzdem können sie einander nicht ausstehen.

»Mist«, sagte Clutch schließlich.

»Clutch, sie ist meine beste Freundin. Ohne ihre Hilfe hätte ich das alles nicht geschafft.«

»Ist ja gut. Es ist bloß so, sie ist nicht gerade meine Traumfrau.«

»Sie ist großartig«, sagte Lucy knapp.

»Aber klar«, sagte Clutch, wirkte aber nicht sehr überzeugt. »Na, dann bis morgen.«

»Danke, Clutch«, sagte Lucy, und das meinte sie ehrlich.

»He, kein Problem.«

Der Abend verflog nur so. Lucy überprüfte noch einmal den Inhalt ihrer Handtasche. Das Geld steckte sie tief in die Brieftasche. Die Geburtsurkunde und die Sonnenbrille kamen in die Seitentasche mit dem Reißverschluß. Lucy füllte zwei kleine Plastikflaschen mit Shampoo und Haarfestiger und steckte beide in den Matchsack. Sie würde sich morgen in der Schule umziehen, und LD nahm dann ihre Schulsachen und ihre Jacke mit zu sich nach Hause. Keineswegs konnte sie ihre Winterjacke mit auf die Bahamas nehmen. Als letztes mußte Lucy einen Entschuldigungsbrief ihrer Mutter fälschen, in dem sie der Schule mitteilte, daß ihre Tochter am Montag nicht kommen könne.

Schließlich war alles erledigt. Lucy ging in die Küche, um sich etwas Eßbares zu suchen. Auf dem Küchentisch lag ein Zettel ihrer Mutter. Sie sollte sich zum Abendessen eine Kasserolle in den Ofen schieben und den Inhalt aufwärmen. Lucy riß die Kühlschranktür auf, nahm die Kasserolle heraus und schlug die Tür wieder zu. Nächstens einmal würde sie ihrer Mutter sagen, daß allein zu essen das Gräßlichste der Welt sei. Dies war die Zeit, in der sie sich wirklich verlassen vorkam. Daran würde sie sich nie gewöhnen. Das leere Haus sehnte sich schmerzlich nach Geräuschen, daher schaltete sie den Fernseher ein. Ihre Mutter kam sicher wieder spät nach Hause, und so leistete wenigstens der Fernseher ihr Gesellschaft. Ab morgen aber würde alles ganz anders sein. Dann war sie nicht mehr die simple, alte Lucy Fernandez, die allein aufwuchs, weil ihre Eltern zu beschäftigt waren. Sie war eine unabhängige bezaubernde Reisende.

14. Kapitel

Als Lucy am Freitag morgen erwachte, merkte sie, daß draußen irgend etwas vor sich ging. Sie sah zum Fenster hinaus. Die ganze Straße war weiß, Schneeflokken wirbelten fröhlich herum, und die Leute schaufelten Fahrwege und Gehsteige frei. Nach zwei kalten, aber trockenen Februarwochen endlich Schnee! In Degrassi gab es bestimmt eine verrückte Schneeballschlacht, die vermutlich damit endete, daß einige der jüngeren Schüler im Büro aufkreuzten und sich jammernd beklagten.

Als Lucy sich vom Fenster abwandte, fiel ihr Blick als erstes auf ihren Wandkalender. FREITAG war rot umringelt und sprang ihr förmlich entgegen. Ein Schauder der Erregung durchrieselte sie. Endlich war er da! Kein Warten mehr und kein Alltagstrott, dachte Lucy. Heute geschieht es. Ich fliege weg! Und wenn am Abend alle nach Hause kommen, um weiter Schnee zu schaufeln, liege ich an einem Strand.

Der Zeiger ihres Weckers sagte ihr, daß sie noch genau eine Stunde Zeit hatte, um sich fertigzumachen. Lucy duschte, zog sich an und holte den Matchsack unter ihrem Bett hervor. Prüfend horchte sie nach unten – keine Spur von ihrer Mutter. Also trug sie alles in die Küche hinunter. Sie nahm einen großen grünen Müllsack aus dem Schrank und steckte ihren Matchsack hinein. Das sah zwar blöd aus, aber sie wollte nicht, daß er naß vom Schnee wurde. Außerdem konnte auf diese Weise niemand ahnen, was das war. Lucy kaute in Rekordzeit eine Semmel und spülte sie mit einem Glas Orangensaft hinunter. Dann rannte sie wieder die Treppe hinauf.

Vor dem Zimmer ihrer Mutter zögerte sie. Sie war hin und her gerissen. Ein Teil von ihr wollte einfach weggehen, ein anderer wollte sich wenigstens verabschieden. Lucy stieß die Tür auf und betrat das Schlafzimmer ihrer Mutter. Ihre Mam drehte den Kopf und öffnete schlaftrunken die Augen.

»Lucy, wie spät ist es?«

»Beinahe acht. Ich muß los, Mam!« Lucy wußte, ihre Mutter schlief noch halb.

»Mmmm«, murmelte ihre Mam und stützte sich auf den Ellbogen. »Ich hab' den Wecker gar nicht gehört.«

»Es schneit, Mam. Ich muß gehen, wenn ich nicht zu spät kommen will.«

»Hast du gefrühstückt?« Jetzt hatte ihre Mutter sich vollends aufgesetzt.

»Ja. Bye, Mam ... bis Montag abend.«

»Montag abend?«

»Yeah ... heute ist Freitag. Ich verbringe das Wochenende bei den Zwillingen, schon vergessen? Ich komm' erst am Montag abend wieder.«

»Du liebe Güte! Es ist Freitag?« Ihre Mutter gähnte

hingebungsvoll. »Ja, ja, natürlich. Lucy, bitte, sei ein angenehmer Wochenendgast.«

»Klar, und sag Dad liebe Grüße von mir. Ich muß jetzt gehen, Mam.«

»Lucy«, sagte ihre Mutter und hielt sie noch einmal auf.

»Yeah ... was ist?«

»Liegt viel Schnee?«

»Ich glaub' schon.«

»Genau das hat uns gefehlt«, meinte sie schaudernd und ließ sich wieder aufs Kissen plumpsen.

Lucy ging in ihr Zimmer zu einer letzten Überprüfung. Sie hatte nichts vergessen, also ging sie hinunter und holte ihre Winterstiefel aus dem Schrank beim Eingang. Ihre Handtasche hängte sie sich über den einen Arm, und mit der anderen Hand packte sie den Müllsack. Dann verließ sie das Haus durch die Vordertür.

Normalerweise brauchte sie acht Minuten bis zur Schule. Heute mußte sie langsamer gehen. Die Gehwege waren rutschig, und der Müllsack glitt ihr dauernd aus den Fingern. Als sie bei der Schule ankam, war er zerrissen. Es schneite immer weiter, und weil sie alle Hände voll hatte, konnte Lucy nicht einmal die Kapuze ihrer Jacke hochschlagen. Ihr Haar war naß, und sie fror.

Im vorderen Schulhof hatten die Schneeballschlachten bereits begonnen. Als sich Lucy die Treppe hinaufmühte, warf jemand einen Schneeball, der sie an einer Seite des Gesichts traf. Erschrocken und wütend drehte sie sich um, aber die Kids waren bereits weggelaufen, und so ließ sich nicht feststellen, wer geworfen hatte.

Lucy nahm ihren Müllsack wieder auf und ging auf die Tür zu. Schritte hinter ihr ließen sie herumfahren. Es war LD, ihre Kapuze fest um das Gesicht geschlossen.

»Hi, LD«, sagte Lucy. »Hast du die kleinen Biester mit den Schneebällen gesehen? Ich könnte sie umbringen.«

»Ja. Das würde dir ähnlich sehen«, fauchte LD sie an.

Lucy hob überrascht den Kopf und sah LD an. »Welche Laus ist dir denn über die Leber gelaufen?«

LD stieß Lucy mit der Schulter beiseite. »Nimm das Zeug da weg. Ich will rein«, murmelte sie.

Erstaunt sah Lucy zu, wie LD die Tür aufriß und hindurchstürmte, ohne sich umzusehen.

Mist, dachte Lucy und betrachtete ihren zerrissenen Müllsack. Der Matchsack lugte hervor. Dann sah sie LD nach, die sich schnell entfernte. Irgend etwas stimmte nicht. LD hatte sich verhalten, als sei Lucy ihre Feindin – anstatt ihre beste Freundin. Es war kalt hier draußen, aber der Ausdruck auf LDs Gesicht war noch kälter.

Den Müllsack hinter sich herschleppend, eilte Lucy zum Mädchen-Waschraum. Als sie eintrat, wäre sie beinahe mit LD zusammengestoßen, die gerade herauskam.

»Paß auf, wo du hingehst«, zischte LD sie an.

»Was ist denn mit dir los?« stammelte Lucy entsetzt.

»Geh mir aus dem Weg, Lucy!«

»Einen Moment.« Lucy packte LDs Arm. »Warum bist du so abscheulich zu mir?«

»Willst du das wirklich wissen? Nun, ich sag's dir nur allzu gern.« LD riß ihren Arm von Lucy los. Ihre Augen waren die einer kalten Fremden, und etwas an ihrem Gesichtsausdruck ließ Lucy erstarren.

»Nun?« sagte sie.

»Sie haben die Typen gefaßt, die neulich die Garage meines Dad ausgeraubt haben.«

»Was hat das mit mir zu tun? Ich hab' sie nicht ausgeraubt!«

»Rate mal, wer es war, Lucy!« sagte LD. Ihre Stimme klang unheilschwanger.

»Ich weiß es nicht! Das hat doch nichts mit mir zu tun!« LDs Zorn machte ihr angst.

»Es war eine Horde von High School Kids. Und willst du vielleicht wissen, wessen Auto sie in der Nacht gefahren haben?«

»Sag's mir«, erwiderte Lucy. LD schien wirklich verrückt geworden zu sein.

»Es war das Clutchmobil!«

Lucy hatte das Gefühl, als habe man ihr einen Eimer Eiswasser über den Kopf geschüttet. Sie schnappte nach Luft und wich zurück. Das konnte doch nicht wahr sein!

»Und willst du noch was wissen?« LD trat ganz nahe an Lucy heran. »Mein Vater hat mir eine Predigt gehalten über Kids und Unehrlichkeit und Kriminalität, und ich hätte mich beinahe übergeben, weil ich ihm nicht sagen konnte, daß meine beste Freundin den Besitzer des Autos kennt.«

»LD, bloß weil Clutch sein Auto jemand geliehen hat, heißt das noch lange nicht, daß er es getan hat«, platzte Lucy verzweifelt heraus.

»Ich weiß genau, warum du ihn verteidigst«, beschuldigte LD ihre Freundin.

»Nein, weißt du nicht. Du verurteilst ihn grundlos. Du machst alles kaputt.«

»Weißt du was, Lucy? Du bist genauso wie Clutch. Er leiht sein Auto Leuten, die stehlen, und du stiehlst selber. Ich will nichts mehr mit dir zu tun haben!«

»Dann läßt du mich also im Stich, ist es das?« fragte Lucy.

LD gab keine Antwort. Lucy sah LD an, und ihr Herz sank. Das Unvorstellbare war geschehen: Ihre beste Freundin sagte sich von ihr los. Na schön, der würde sie es zeigen. Sie würde es allen zeigen, wie egal ihr das war.

»Wirst du mich jetzt verpfeifen, LD?« fragte Lucy. Ihre Stimme war gefährlich sanft.

»Wofür hältst du mich?«

»Ich werde dir sagen, wofür ich dich halte«, sagte Lucy rücksichtslos. »Ich denke, du hast Clutch schon immer gehaßt. Selbst, wenn er nicht wußte, was seine Freunde mit seinem Auto gemacht haben, würdest du ihn trotzdem beschuldigen. Ich denke, du bist nur eifersüchtig. Und bist nicht mehr meine Freundin.«

LD wandte abrupt ihr Gesicht ab und ging. Lucy wischte verärgert an den Tränen herum, die ihr über die Wangen liefen. Mit zitternden Händen zog sie den Matchsack aus dem Müllbeutel und verließ den Waschraum, um zu ihrem Spind zu gehen. Erica und Heather erwarteten sie.

»Ich kann's nicht glauben, Lucy. Ich kann nicht glauben, daß es heute sein wird.« Erica umarmte Lucy.

»Ich auch nicht«, sagte Lucy.

»Geht alles klar?« fragte Heather.

»Es muß«, murmelte Lucy. Sie stopfte den Matchsack in ihren Spind und schloß die Tür.

»Hast du gesehen, was draußen los ist?« fragte Heather.

»Ist mir egal«, sagte Lucy müde. Sie eilte zu ihrem Klassenraum. Erica und Heather wechselten verblüffte Blicke und liefen hinter ihr her. Bis zur Mittagspause wußte jeder in der Klasse, daß etwas zwischen Lucy und LD nicht stimmte. LD vermied es, Lucy anzusehen. Erica und Heather flüsterten ständig mit einer von den beiden. Selbst der Lehrer beklagte sich, daß zu viel geschwatzt wurde. Lucy setzte sich nicht an LDs Pult und fragte sich dauernd, ob die Polizei Clutchs Auto beschlagnahmt hatte, wenn es in einen Raub verwickelt gewesen war. Sie steckte tief im Schlamassel und wußte nicht, wie sie da wieder rauskommen sollte. Das einzige, was sie genau wußte, war, daß nichts, was LD sagte, sie von ihrem Trip abhalten konnte.

Als es Zeit für die Mittagspause war und sie alle in den Pausenraum stürmten, merkte Lucy, daß sie vergessen hatte, ein Lunchpaket mitzunehmen. Erica schob Lucy die Hälfte ihres Pausenbrotes hin.

»Wo ist LD?« fragte sie. »Was ist eigentlich los?«

»Ich weiß es nicht, und es ist mir auch egal«, sagte Lucy.

»Sag bloß, ihr habt euch gestritten!« Erica sah entsetzt drein.

»So etwas Ähnliches«, murmelte Lucy niedergeschlagen.

»Aber sie ist deine beste Freundin«, rief Heather aus.

»Nicht mehr. Hört zu, ich will nicht darüber reden, okay?«

»Wir sind noch immer deine Freundinnen«, wandte Erica ein und warf Heather einen flehenden Blick zu.

»Natürlich«, sagte Heather sofort.

»Lucy, willst du, daß ich mit zum Flugplatz komme?« bot Erica an.

»Es ist schon in Ordnung, ich schaff's allein. Clutch wird kommen, und er und LD sind sowieso nie miteinander ausgekommen.«

»Bist du sicher?«

»Ja, ich bin ganz sicher.«

Als die erste Unterrichtsstunde nach der Mittagspause zu Ende war, begleiteten die Zwillinge Lucy zu ihrem Spind. Sie holten Lucys Matchsack und gingen in den Waschraum der Mädchen.

»Bye, Lucy«, sagte Erica. Sie umarmte Lucy heftig. »Viel Spaß.«

»Ich hoffe, du hast eine tolle Zeit und, bitte, sei vorsichtig«, flüsterte Heather.

»Mach' ich«, sagte Lucy und legte ihre Arme um Heather.

»Nun, wir sollten jetzt lieber zum Unterricht gehen«, meinte Erica widerstrebend.

Die Zwillinge winkten zum Abschied und gingen. Lucy schälte sich aus ihren Jeans und zog ihre Reisekleidung aus dem Matchsack. Sie schlüpfte in den langen Rock, zog das Oberteil an und darüber ihre Jacke.

»Das ist verrückt«, murmelte Lucy, denn was sie im

Spiegel sah, gefiel ihr gar nicht. Warum sah sie in diesen Sachen so schlampig aus? Resignierend zog sie den Reißverschluß ihres Matchsacks zu und ging ohne einen weiteren Blick in den Spiegel hinaus auf den Gang. Immer ein Auge wachsam auf die Türen gerichtet, damit kein Lehrer sie überraschte, eilte sie zum Hinterausgang.

Lucy fröstelte, als sie ins Freie trat. Unter ihrer Winterjacke trug sie Sommerkleider, und sie fror an den Beinen. Der Matchsack war ziemlich schwer. Lucy blickte die Straße entlang, konnte jedoch das Clutchmobil nirgends entdecken. Aber etwa in der Mitte des Gehsteigs wartete eine Gestalt. Lucy beschleunigte ihre Schritte. Er hat den Wagen vermutlich um die Ecke herum geparkt, dachte sie. Guter, alter Clutch. Beim Näherkommen erkannte sie, daß die Gestalt einen Strohhut trug. Machten etwa die Schneeflocken sie halb blind? Die Gestalt drehte sich zu ihr um. Es war Clutch. Und er trug einen breitrandigen Strohhut und verzog sein Gesicht zu einem strahlenden Grinsen.

Lucy rannte auf ihn zu.

»Hier bin ich«, verkündete sie.

»Zu deinen Diensten, Baby.« Clutch berührte die Krempe seines Strohhuts. »Die ganze Zeit.«

»Du bist verrückt«, kicherte Lucy. Sie fühlte sich schon besser. »Ist das dein Flughafen-Hut?«

»Unsinn... es ist mein Standard-Ferien-Hut.« Clutch nahm Lucy den Matchsack ab.

»Was meinst du damit?« sagte Lucy.

»Ich komme mit dir auf die Bahamas... dachte, das wäre 'ne Überraschung für dich.« Er legte seine Hand aufs Herz und sagte theatralisch: »Ich kann ohne dich nicht mehr leben, weißt du. Keine Minute.«

»Was hat das zu bedeuten, Clutch?« Lucy konnte nicht glauben, was sie gerade gehört hatte.

»Relax, Baby. Ich hab' mich erkundigt. Für deinen Flug gibt's noch massenhaft Tickets. Mein Freund Paul hat den Laster seines Vaters gleich um die Ecke geparkt und wird uns fahren.« Clutch legte seinen freien Arm um Lucys Taille.

»Clutch, warum machst du so was?«

»Komm, gehen wir«, sagte Clutch und reagierte nicht auf Lucys Frage.

Lucy stieß Clutchs Arm weg. Sie fürchtete, gleich hysterisch zu werden.

»Ich gehe nicht mit dir, Clutch. Ich dachte, das weißt du!«

»He, wir werden einen Mordsspaß miteinander haben«, versicherte Clutch.

»Oh, Gott«, jammerte Lucy. »LD hatte recht. Wie soll ich jetzt bloß zum Flugplatz kommen?«

»Paul fährt uns. Komm schon, wir sind spät dran.«

»Du bist ein richtiger Volltrottel, Clutch«, sagte Lucy heftig. »Ich gehe nirgendwo mit dir hin – oder mit deinen Freunden.«

»Ah, mach schon, Lucy.« Clutch wirkte verärgert. »Wo liegt das Problem? Du willst 'ne tolle Zeit erleben. Ich auch. Wir werden viel Spaß haben.«

»Gib mir meine Tasche!« schrie Lucy.

Einen Moment standen sie da und zerrten jeder an dem Matchsack, rutschten im stetig fallenden Schnee aus. Lucy keuchte vor Zorn und Anstrengung. Sie konnte es nicht fassen, daß dies wirklich passierte.

»Ich hasse dich!« kreischte sie, zog noch einmal heftig an der Tasche und befreite sie von Clutchs Griff. »Und wage es nicht, mir zu folgen! Ich will dich nie mehr wiedersehen!«

»Was willst du jetzt machen?« rief Clutch.

»Ich nehm' den Bus.«

»Blöde Gans!« höhnte Clutch.

Lucy rannte verzweifelt zur Bushaltestelle an der Ecke. Wie durch ein Wunder hielt genau in dem Augenblick ein Bus. Lucy stieg ein, ohne zurückzuschauen. Sie war durchnäßt, und der Reißverschluß an ihrem Matchsack klaffte weit auseinander. Ihr blieben nur noch eineinhalb Stunden, um zum Flugplatz zu kommen.

Zuerst LD und dann Clutch – beide hatten sie auf die übelste Weise im Stich gelassen. Das würde sie ihnen niemals verzeihen. Nun war sie wirklich allein.

15. Kapitel

Wie betäubt starrte Lucy aus dem Busfenster. Nichts schien mehr Sinn zu haben. Nun war sie auf dem Weg zum Flughafen, am Beginn ihres großen Abenteuers – aber anstatt sich beschwingt und befreit zu fühlen, kam sie sich einsam und verlassen vor. LD und Clutch waren für diese Situation verantwortlich. Was sollte in Zukunft mit ihr geschehen, wenn sie sich nicht auf ihre Eltern oder ihre Freunde verlassen konnte? Wegzugehen war die einzige Antwort darauf.

Der Flughafenbus war halbvoll. Lucy sah all die Erwachsenen um sich herum an und preßte sich fester an die Wand neben ihrem Sitz. Sie war davon überzeugt, wie eine Idiotin auszusehen. Ihr Rocksaum war naß und ihre Skijacke schlabbrig und feucht. Sie hatte vorgehabt, LD die Jacke wieder mitzugeben. Ich hasse dich, LD, dachte Lucy. Du solltest meine Freundin sein, und statt dessen tust du so, als wäre ich für den Raub in der Garage deines Vaters verantwortlich.

Plötzlich tauchte vor ihrem inneren Auge Clutchs Gesicht auf – der lachende, flirtende Clutch, den sie überhaupt nicht kannte. Als er ihr »blöde Gans« nachgerufen hatte, hatte sich sein Gesicht vollkommen verwandelt. Er ist ein Gesetzesbrecher, dachte Lucy, und ich bin es auch. Deshalb fühlen wir uns zueinander hingezogen – das ist alles.

Lucy warf einen Blick auf ihre Uhr. Es war viertel vor drei. Sie wußte nicht einmal, wie lange der Bus bis zum Flughafen brauchte. Ihr Flug ging um vier Uhr.

Ihr gegenüber saß ein Paar, das einander bei den Händen hielt. Die Frau redete aufgeregt, dann beugte sich der Mann zu ihr hinüber und küßte sie. Sie waren so miteinander beschäftigt, daß sie sich nicht darum kümmerten, wer sie anschaute. Lucy betrachtete sie verstohlen. Sie fühlte sich angezogen von der romantischen Stimmung, welche die beiden umgab. Darüber vergaß sie sogar, daß sie allein war. Vielleicht hatten sie sogar den gleichen Trip gebucht wie sie.

Während der Bus den Highway entlangbrauste, holte Lucy ihr Kosmetiktäschchen hervor und beschloß, etwas Make-up aufzulegen. Wenn ihre Kleidung schon abscheulich aussah, so wollte sie wenigstens ein vollkommenes Gesicht haben.

»Du bist so hübsch, du brauchst das gar nicht«, sagte eine weibliche Stimme.

Lucy blickte hoch. Es war die Frau von gegenüber. Sie hatte sich vorgebeugt und lächelte Lucy an. Lucy war so verlegen, daß sie sofort ihr Make-up-Etui zuschnappen ließ.

»Ich hoffe, es macht dir nichts aus, daß ich das gesagt habe«, fuhr die Frau fort.

»Nein ... es ist okay«, stammelte Lucy.

»Fährst du irgendwo hin?« fragte die Frau.

»Ja«, antwortete Lucy.

»Wohin denn?«

»Auf die Bahamas.«

»Oh, du Glückspilz. Wir fliegen zurück nach Calgary.«

Lucy bemerkte den begeisterten Ausdruck in den Augen der Frau und empfand ihn als beruhigend. Hier war eine Erwachsene, jemand, den sie überhaupt nicht kannte, und die war begeistert von dem, was sie tat. Sie hatte offensichtlich doch richtig gehandelt.

»Triffst du dich am Flughafen mit deiner Familie?« fragte die Frau weiter.

»Nein, ich reise allein«, antwortete Lucy leise.

»Oh! Welch ein Spaß!«

Lucy wich in ihrem Sitz ein wenig zurück. Sie wußte, die Frau war nur freundlich, aber sie wollte keine weiteren Fragen beantworten, denn das konnte gefährlich werden, und nach all den Fehlschlägen durfte nicht noch etwas passieren. Wieder sah sie auf die Uhr und hielt Ausschau nach den Wegweisern zum Flughafen, die endlich auftauchten. Es war beinahe drei Uhr, aber sie näherten sich dem Flugplatz.

»Nun, ich wünsche guten Flug.« Die Frau winkte ihr kurz zu und lehnte sich wieder in ihrem Sitz zurück.

Sie ist ein bißchen wie Mam, dachte Lucy. Sie dachte über ihre Mutter nach. Würde sie bei den Zwillingen anrufen? Vermutlich nicht. Sie war sicherlich zu sehr damit beschäftigt, Häuser zu verkaufen, um überhaupt an Lucy zu denken.

Ich wachse allein auf, denn sie sind zu beschäftigt, um sich um mich zu kümmern, dachte Lucy. Sie wußte, sie würde keine allzu großen Schwierigkeiten bekommen, wenn sie wieder nach Hause kam. Besonders dann nicht, wenn sie gut erholt und glücklich aussah. Ihr Vater hatte einmal zu ihr gesagt: »Wir wollen nichts weiter, als daß du glücklich bist.« Nun, sie hatte beschlossen, sich selbst glücklich zu machen.

Der Bus bog um eine Rampe, und der Flughafen-Terminal erschien. Sie waren angekommen. Ihr blieben noch neunundfünfzig Minuten, um den Flieger zu erreichen. Lucy sprang von ihrem Sitz hoch. Der Bus hielt, und sofort herrschte reges Treiben um sie herum. Die Passagiere holten ihr Handgepäck aus den Gepäcknetzen. Es waren eine Menge Geschäftsleute mit Aktenkoffern da. Lucy hängte sich ihre Handtasche über die Schulter und ging in den vorderen Teil des Busses.

Der Busfahrer war schon draußen und lud das Gepäck aus. Lucy wartete auf ihren Matchsack, aber es dauerte eine Weile. Als ihr der Fahrer den Matchsack reichte, lächelte er. »Der da sieht aus, als ginge er auf Weltreise«, sagte er.

Lucy erwiderte sein Lächeln. Sie nahm den Matchsack hoch und ging auf die großen Glastüren zu. Sie hatte sich der ersten Tür zugewandt, als sie merkte, daß es diejenige mit der Aufschrift »Ausgang« war. Lucy blickte über die Schulter, um zu sehen, ob jemand ihren dummen Irrtum bemerkt hatte. Aber die Menschen quirlten durcheinander, ohne irgend etwas zu bemerken. Direkt daneben war die Eingangstür. Lucy ging hindurch.

Der Terminal war der absolute Horror. Nichts hatte sie auf diesen Anblick vorbereitet. Da waren Hunderte von Menschen mit Tonnen von Gepäck, das überall herumstand. Vor jedem Schalter standen Menschenschlangen mit ungefähr fünfzehn oder zwanzig Wartenden. Alle möglichen Ankündigungen wurden über Lautsprecher verkündet, aber man konnte nicht einmal die Worte verstehen. Hilflos sah Lucy sich um. Sie wußte nicht einmal, wo ihr Flugkartenschalter war. Wie sollte sie an die Spitze einer Menschenschlange gelangen, um nachzusehen? Wie lange würde das dauern?

Lucy sah sich nach jemandem um, den sie fragen konnte. Allmählich spürte sie, wie Panik in ihr hochstieg. Das war dieses alte, bekannte Gefühl – etwas tun zu wollen und nicht zu wissen, wie. Sie versuchte, sich zwischen den Schlangen durchzuzwängen und die Aufschriften über den Schaltern zu lesen. Da waren Flugnummern und Bestimmungsorte und Namen von Reisen überallhin. Alle Menschen wirkten gereizt oder zu beschäftigt. Lucy stolperte über Gepäckstücke und stieß mit grimmig dreinblickenden Leuten zusammen, als sie durch die Weite des Terminals irrte.

Ich muß die Ferien-Paradies-Leute finden, dachte sie verzweifelt. Vor einer Warteschlange blieb sie stehen und wandte sich an einen Mann, der am Ende stand.

»Entschuldigung, können Sie mir sagen, wo ich – ich meine –, wo die Flüge nach den Bahamas abgehen?«

Der Mann bedachte Lucy mit einem uninteressierten Blick. »Flüge in die Karibik sind dort drüben«, sagte er und deutete mit dem Daumen zum anderen Ende des Terminals.

Lucy folgte der angegebenen Richtung. Von dort

war sie gerade gekommen. Ein Blick auf die Uhr sagte ihr, daß es drei Uhr zwanzig war. Wieder begann sie, sich durch die Menschenmassen hindurchzukämpfen. Als sie das Ende des Terminals erreicht hatte, sah sie eine lange Menschenschlange vor dem Schalter. Einige der Leute trugen Strohhüte.

Lucy murmelte immer wieder »Entschuldigung« und versuchte, zum Schalter vorzudringen, damit sie das Schild lesen konnte. Es war wirklich der richtige Schalter. Ihre Flugnummer und der Bestimmungsort standen auf einem Schild hinter dem Schalter. Zwei Angestellte händigten eifrig Flugscheine aus, und obwohl Lucy versuchte, ihre Blicke einzufangen, gelang es ihr nicht. Sie sahen einfach durch sie hindurch.

Lucy ging zurück ans Ende der Schlange und stellte ihren Matchsack vor sich auf den Boden. Die Schlange bewegte sich zentimeterweise in Richtung auf den Schalter vor, und sie mußte einfach warten, bis sie an der Reihe war. Bitte, mach, daß sich diese Schlange schneller vorwärtsbewegt, betete sie. Wieso hatte sie jemals gedacht, auf den Flughafen zu gehen sei ein Spaß? Innerhalb von zehn Minuten war sie genauso gereizt und schlecht gelaunt wie alle anderen um sie herum. Sie fühlte sich schmutzig und war es wohl auch. Der einzige Trost bestand darin, daß kein Bekannter sie in dieser Verfassung sehen konnte.

Lucy trat von einem Fuß auf den anderen. Vor ihr stand ein junger Mann in einem T-Shirt mit einem aufgedruckten Ahornblatt. Lucy holte tief Atem und sprach ihn an. »Was passiert, wenn man es nicht rechtzeitig schafft, zum Schalter zu kommen?«

Der junge Mann kratzte sich am Bart und sah sie an.

»Keine Sorge, wir sitzen alle im selben Boot«, sagte er.

»Ja, aber muß man nicht eine Stunde vor dem Abflug einchecken?« fragte Lucy. Sie konnte selbst die Aufregung aus ihrer Stimme heraushören.

»Relax«, meinte der junge Mann gedehnt, »niemand wird diesen Flieger fliegen, ehe wir nicht alle drin sind... Fliegst du nach Nassau?«

»Nein, auf die Bahamas«, sagte Lucy.

»Oh, yeah«, sagte der Mann. Er warf ihr einen eigentümlichen Blick zu. »Na, ich schätze, ich sehe dich dort wieder.«

Nein, sagte sich Lucy im stillen, das wirst du nicht. Du siehst aus wie ein Lump, und ich will nirgends sein, wo du bist. Ich weiß nicht einmal, ob ich hier sein will. Ganz plötzlich mußte sie an alle anderen in der Schule denken. Was machten sie wohl gerade jetzt? LD würde noch immer wütend auf sie sein. Würde sie mit Erica und Heather reden, sie durcheinanderbringen, sie vielleicht sogar dazu bringen, so wie sie zu denken? Lucy stellte sich vor, wie sie alle über sie redeten, während sie miteinander nach Hause gingen, ohne zu wissen, wie absolut elend sie sich gerade in diesem Moment fühlte. Dieser Tag, dachte Lucy, ist voller häßlicher Überraschungen.

16. Kapitel

Nur noch drei Leute standen vor Lucy. Sie schob ihren Matchsack mit dem Fuß weiter und machte einen Schritt nach vorn. Der eklige Bursche mit dem Ahorn-T-Shirt drehte sich um. »Beinahe geschafft«, sagte er. Lucy wich zurück. Irgend etwas an der Art, wie er sie ansah, verursachte ihr Unbehagen. Während er redete, glitten seine Blicke über ihren Körper hinweg, und der Erfolg war so unangenehm, als würde eine Ameise auf ihr herumkrabbeln. Es wäre gräßlich, wenn sie neben ihm sitzen müßte.

Die Leute vor dem Schalter entfernten sich, und der miese Kerl war als nächster dran. Lucy stand direkt hinter ihm. Sie bückte sich, um ihren Matchsack hochzunehmen. Als sie sich wieder aufrichtete, packte eine Hand ihre Schulter.

»Lucy, was machst du hier?« sagte eine Stimme hinter ihr.

Lucy erstarrte. Sie hatte das Gefühl, inmitten einer heftigen Explosion zu stehen, aber sie war wie festgewurzelt, unfähig, sich zu bewegen. Sie kannte die Stimme sehr gut.

»Was geht hier vor?« Die Hand drehte sie herum.

Lucy blickte in die Augen ihres Vaters und wäre beinahe ohnmächtig geworden. Da stand er mit einem Reisekoffer und einer Schultertasche. Sein Gesicht drückte Schreck und Verwirrung aus.

Was machst du hier, wollte Lucy schreien, du solltest doch erst morgen zurückkommen, aber das Entsetzen versiegelte ihren Mund. Sie wußte, alles war zu Ende. In diesem Flugzeug auf die Bahamas würde es einen leeren Sitzplatz geben. Sie trat aus der Warteschlange und versuchte, ihren Mund wieder aufzumachen und etwas zu sagen, aber es gelang ihr nur, ein paarmal nach Luft zu schnappen.

»Warum bist du nicht in der Schule? Was ist in dieser Tasche?« Ihr Vater hatte sich von seinem Schrecken erholt und schien nur noch ärgerlich zu sein.

Lucy merkte, daß die Leute um sie herum ihnen zuhörten. Sie blickte auf ihre Schuhe hinunter und wünschte sich, sie könnte verschwinden, versickern wie ein Wassertropfen. Tränen drängten gegen ihre Lider, und sie wußte, es würde nur noch Sekunden dauern, ehe sie ihr über die Wangen liefen.

»Komm mit«, sagte ihr Vater und winkte ihr. Er entfernte sich von der Schlange der Wartenden. »Ich wünsche eine Erklärung für all das, und zwar schnell. Mein Gott, wenn ich nicht hergekommen wäre, um das Durcheinander wegen meines Mietwagens zu klären, hätte ich dich nicht gesehen!«

Lucy folgte ihm halb blind vor Tränen. Ihr Vater bahnte sich einen Weg durch die Menge bis in den hinteren Teil des Terminals in der Nähe der Glastüren.

Er ließ sein Gepäck auf das Metallgestell neben dem Fenster plumpsen, riß ihr den Matchsack aus der Hand und warf ihn oben auf die Gepäckstücke.

»Nun«, sagte er und stemmte beide Hände in die Hüften. »Ich will wissen, was hier vor sich geht.«

»Ich wollte eine Reise machen, Daddy«, schluchzte Lucy, unfähig, sich zu beherrschen.

»Weiß deine Mutter davon?«

»Nein.«

»Ich verstehe. Wohin wolltest du?«

»Ich hab' eine von diesen Pauschalreisen gebucht.« Lucy sprach sehr langsam.

»*Was*?!« Ihr Vater schrie so laut, daß die Leute um sie herum stehenblieben. Sein Gesicht wurde rot vor Zorn. Er schwieg einen Moment, und Lucy spürte, daß er versuchte, sich wieder unter Kontrolle zu bringen.

»Wolltest du abhauen, Lucy?« Er sprach sehr langsam und betont.

»Ich hatte alles so satt. Ich wollte ein paar Tage weg ... bloß übers Wochenende«, sprudelte Lucy hervor.

»Ich verstehe«, sagte ihr Vater. Seine Stimme klang gefährlich sanft. »Wer bezahlt diesen Trip?«

Lucy spürte, wie ihr noch mehr Tränen die Wangen herunterliefen. Nun hatten sie den gräßlichen Teil erreicht, und nichts konnte sie retten. Mit der winzigsten Stimme, die man sich vorstellen kann, piepste sie: »Ich hab' mit Mams Kreditkarte gebucht.« Sie konnte das ganze Register des Erschreckens auf dem Gesicht ihres Vaters ablesen. Er wich zurück, als hätte sie ihn geschlagen.

»Wo ist der Flugschein?« sagte er und hielt ihr die Hand hin.

»Den sollte ich am Schalter abholen«, erwiderte Lucy und vermied es, ihrem Vater in die Augen zu schauen.

»Bleib hier ... und rühr dich nicht von der Stelle!« schrie ihr Vater wütend.

Lucy sah, wie er zum Schalter ging. Er wird mich umbringen, dachte sie. Verzweifelt blickte sie sich um. Die Leute gingen ständig ein und aus. Niemand interessierte sich für Lucy Fernandez, bekleidet mit einem Rock ihrer Mutter und einem feuchten Anorak, zusammengekauert in einer Ecke. Nun mußte sie auslöffeln, was sie sich eingebrockt hatte, und diesmal ganz allein. LDs Worte kamen ihr in den Sinn. Was war sie nur für eine Idiotin gewesen! Zum erstenmal seit Beginn dieses grauenvollen Tages erkannte sie, daß LD kein Angsthase war. Die häßliche Szene am Morgen hatte nur stattgefunden, weil LD wirklich tief getroffen gewesen war. Lucy hatte sich benommen wie Clutch und hatte sich nur um sich selbst gekümmert. Als sie ihren Vater zurückkehren sah, preßte sie sich gegen den Gepäckhaufen hinter sich. Während er näher kam, sah sie, daß sich sein Gesichtsausdruck verändert hatte.

»Nun, ich habe ihnen erklärt, daß meine Tochter die Kreditkarte gestohlen hatte«, sagte er und sah sie traurig an.

Das Wort »gestohlen« durchbohrte Lucy wie ein Pfeil. Auch wenn ihr Vater es vollkommen leidenschaftslos ausgesprochen hatte, war die Wirkung auf Lucy niederschmetternd. Es war ein demütigendes

Wort, das einen dunklen Schatten warf. Selbst wenn man sich bewegte, folgte einem dieser Schatten überallhin. Dieses Wort wird mich noch zerschmettern, dachte Lucy.

»Daddy, es tut mir leid«, flüsterte sie.

»Mir auch, Lucy«, sagte ihr Vater. Er schüttelte den Kopf und blickte in die Ferne.

»Ich mach's nie wieder...«

Ihr Vater brachte sie mit einer Handbewegung zum Schweigen. »Ich werde jetzt deine Mutter anrufen.«

Lucy sah, wie er in seinen Taschen nach Kleingeld suchte und auf das nahegelegene Telefon zusteuerte.

»Bitte, ruf Mam nicht an«, flehte Lucy.

Ihr Vater ignorierte sie und wählte mit bebenden Fingern die Nummer.

»Ich werde es ihr später selber sagen!« rief Lucy mit vor Angst schriller Stimme.

Das Glück war auf ihrer Seite. Niemand nahm den Anruf entgegen.

»Ich kann die Nachricht ja schlecht auf den Anrufbeantworter sprechen«, sagte ihr Vater grimmig.

Lucy wußte, wenn sie erst einmal zu Hause war, würde es einfacher sein. Zuhause bedeutete jetzt etwas ganz anderes für sie. Es war ein Ort, an dem man sich verstecken konnte. Hier auf dem Flugplatz kam sie sich ausgesetzt vor, sie hatte das Gefühl, als wüßte der ganze Flughafen, daß Lucy Fernandez die Kreditkarte ihrer Mutter gestohlen hatte.

»Ich bin erschöpft, ich bin den ganzen Tag unterwegs gewesen. Und nun *dies*, Lucy!«

»Es tut mir leid, es tut mir so leid!« wiederholte Lucy immer wieder.

»Also, verschwinden wir von hier, ich muß den Wagen holen«, sagte ihr Vater knapp.

Vielleicht ist jetzt alles vorbei, dachte Lucy hoffnungsvoll. Vielleicht kriege ich auf der Heimfahrt eine Strafpredigt, und Mam macht zu Hause noch einmal das gleiche. Dann kann ich ins Bett springen, die Decke über die Ohren ziehen und alles einfach wegschlafen. Sie folgte ihrem Vater zum Aufzug, der sie aufs Parkdeck brachte. Die Fahrt im Aufzug verlief schweigend. Es waren noch andere Leute in der Kabine, und glücklicherweise sagte ihr Vater nichts. Er sah sie nicht einmal an. Sicher wünscht er sich, er hätte keine Tochter wie mich, dachte Lucy elend.

Es dauerte eine Weile, bis sie den Wagen ihres Vaters gefunden hatten. Nachdem er das Gepäck auf den Rücksitz geworfen und ihr die Tür geöffnet hatte, straffte sich Lucy in Erwartung des Kommenden. Jetzt wird er mir gleich sagen, wie schlimm ich bin, und dann gibt es irgendeine Art von Strafe – vielleicht Hausarrest oder kein Taschengeld.

Aber ihr Vater fuhr schweigend aus der Parklücke. Der Wagen bog auf den Highway ein, und die Stille im Auto war das einzig Lebendige. Ihr Vater bewegte den Kopf nicht und hielt den Blick starr geradeaus auf die Straße gerichtet. Lucy warf ihm immer wieder verstohlene Seitenblicke zu und dachte, er würde jetzt jede Minute anfangen, etwas zu sagen, aber er tat es nicht.

Lucy spürte, wie ihre Handflächen zu schwitzen begannen, und Übelkeit, aus der Spannung entstanden, wogte in ihrem Körper auf und ab. Sie wußte, wenn sie jetzt nichts sagte, würde sie bersten.

»Daddy«, sagte sie zum fünftenmal, »es tut mir wirklich leid. Ich tu's auch bestimmt nie wieder.«

Ihr Vater nahm nicht einmal zur Kenntnis, was sie sagte. Er schwieg noch eine Weile, dann drehte er sich halb zu ihr und sah sie zornig an.

»Das ist ein ernstes Problem, Lucy. Ich kenne dich nicht mehr.«

»Es sollte doch bloß ... irgend etwas Aufregendes sein ... weißt du ... wie ein Abenteuer ... irgend etwas, was ich vorher noch nie gemacht habe«, plapperte Lucy drauflos.

»Ein *Abenteuer*!« schnaubte ihr Vater. »Nein, Lucy, so einfach ist das nicht.«

Lucy hatte ihren Vater noch nie so erlebt – zornig, müde und niedergeschlagen. Ein Teil von ihr fühlte sich schrecklich, aber sie merkte, daß ein anderer Teil von ihr insgeheim zufrieden war. Zumindest hatte sie seine Aufmerksamkeit erregt. Einen Moment lang empfand sie dies wie einen kleinen Sieg. Schließlich hatte sie sich lange Zeit verloren und niedergeschlagen gefühlt. Nicht nur ihre Mutter war niemals zu Hause. Auch für ihren Vater schien sein Job immer an erster Stelle zu stehen. Das wollte sie ihm gern sagen, wollte es hinausschreien, laut genug, um die Stille zu zerschmettern und ihn dazu zu bringen, sie zu verstehen.

»Ich glaube nicht, daß ich Mam unter die Augen treten kann«, platzte Lucy heraus.

»Das wirst du aber müssen, Lucy. Sie wird großes Interesse daran haben herauszufinden, was mit ihrer Tochter los ist«, erwiderte ihr Vater sachlich.

Das glaubst *du*, dachte Lucy.

17. Kapitel

Das Auto rollte in der Einfahrt aus und blieb stehen. Lucy kämpfte den Wunsch nieder, aus dem Auto zu springen und wegzurennen. Jetzt durch die Vordertür hineinzuspazieren war wirklich das letzte, was sie wollte. Verzweifelt überlegte sie sich einen Ausweg. Ihr Vater kam auf ihre Seite herüber und öffnete die Tür, und der kleine kalte Luftzug, der hereinfuhr, ließ Lucy bis ins Mark erschaudern.

»Gehen wir, Lucy«, sagte er.

Lucy taumelte aus dem Auto. Sie warf ihrem Vater einen letzten flehenden Blick zu, aber er deutete nur auf die Tür.

Ehe ihr Vater dazu kam, den Türgriff in die Hand zu nehmen, flog die Tür auf. Ihre Mutter stand im Eingang. Lucy ließ den Kopf sinken und verkroch sich hinter ihrem Dad. Ihre Mutter starrte sie an.

»Wo hast du Daddy getroffen?«

»Wir sind sozusagen ineinandergerannt«, sagte er, offensichtlich nicht bereit, ihr zu helfen.

»Solltest du nicht bei den Zwillingen sein?« fragte ihre Mutter.

Lucy holte tief Atem und stieß ihn heftig wieder aus. Das war der Moment, nun war er da, unausweichlich. Sie warf einen letzten Blick auf ihren Vater, der an ihr vorbei ins Wohnzimmer ging. Er machte es sich in einem Sessel bequem und lockerte seine Krawatte.

»Was ist hier eigentlich los?« sagte ihre Mutter scharf und blickte von Mr. Fernandez zu Lucy.

Jetzt bist du ganz allein auf dich gestellt, sagte eine innere Stimme zu Lucy.

»Ich bin auf dem Flugplatz mit Daddy zusammengetroffen«, sagte Lucy mit zitternder Stimme.

»Auf dem *Flugplatz*!« wiederholte ihre Mutter. »Was hast du dort gemacht... und warum trägst du meine Kleider?«

Lucy hatte das Gefühl, als stecke ihr ein Felsbrocken im Hals. Niedergeschlagen blickte sie auf ihre Hände, die sich unwillkürlich zusammengeballt hatten – zu kleinen, festen Bällen aus Handflächen und Fingern. Ihr übriger Körper straffte sich, um dem Angriff standhalten zu können. Denn sie wußte, der kam jetzt.

»Ich rede mit dir, Lucy«, sagte ihre Mutter scharf.

»Ich... ich wollte eine kleine Reise machen.« Lucy starrte noch immer auf ihre Hände. Ihre Stimme war kaum zu hören.

»Du wolltest was?«

»Ich wollte ein bißchen verreisen... auf die Bahamas.«

»Lucy, ich...« Ihre Mutter schüttelte den Kopf. »Willst du mir damit sagen, daß du, wenn dein Vater dich nicht zufällig auf dem Flugplatz getroffen hätte, jetzt in einem Flugzeug sitzen und auf die Bahamas fliegen würdest?«

Lucy nickte.

»Und wann hattest du vor, zurückzukommen? Falls überhaupt.«

»Am Montag«, sagte Lucy. »Es war eine Drei-Tage-Reise.«

»Ich glaub' das einfach nicht«, flüsterte ihre Mutter. Ihr Gesicht war blaß und ausdruckslos. »Ich kann es einfach nicht fassen, daß meine fünfzehnjährige Tochter übers Wochenende auf die Bahamas fliegen wollte.«

Lucy nickte wie betäubt.

»All diese Geschichten, daß du zu den Zwillingen gehst, die Geburtstagsparty, die Geschenke!« Sie hielt inne, und ihre Augen wurden schmal. »Wie hast du diese Reise eigentlich bezahlt?«

Lucy preßte ihre Hände zusammen, bis sie schmerzten. Sie sah zu ihrer Mutter auf. »Ich hab' damit deine Kreditkarte belastet.«

Ihrer Mutter blieb die Luft weg. »Lucy!«

»Tut mir leid«, begann Lucy.

»Halt den Mund!« unterbrach ihre Mutter sie wütend. »Du hast mich seit Tagen angelogen, nicht wahr?«

Sie begann, im Zimmer auf und ab zu gehen, dann blieb sie vor Lucy stehen.

»Was hast du sonst noch mit meiner Kreditkarte gekauft?«

»Sonst nichts.«

»Erwartest du von mir, daß ich dir das glaube?« fragte ihre Mutter empört.

»Bitte, Mam, ich will, daß du mir glaubst«, flehte Lucy.

»Das bedeutet, daß ich alles überprüfen muß, dein Zimmer durchsuchen.«

»Das kannst du, Mam ... Ich versprech's ... Ich hab' nur das Ticket damit bestellt.«

»Ist dir jemals in den Sinn gekommen«, sagte ihr Vater und riß sich verärgert die Krawatte vom Hals, »daß du all diese Energie, all die sorgfältige Planung auch in etwas Gutes hättest stecken können?«

»Es sollte bloß ein Abenteuer sein«, sagte Lucy.

»*Abenteuer*!« brüllte ihr Vater. »Nein, Lucy, du hast wirklich überhaupt nichts begriffen! Abenteuer bedeuten nicht zu betrügen, zu stehlen und zu lügen.«

Ihre Mutter sagte kein Wort. Sie stand nur mit vor der Brust verschränkten Armen da, einen grimmigen Ausdruck in ihrem Gesicht. Lucy spürte, wie ihr wieder Tränen in die Augen stiegen. Sie wußte, ihre Eltern waren verletzt und wütend, aber sie war es auch.

»Lucy ...« Ihre Mutter trat plötzlich nahe an sie heran. »Ich bin so entsetzt ... dir hätte alles mögliche zustoßen können, weißt du das nicht?«

»Oh, Mam, ich hab' nur gedacht, ich könnte mich mal von allem absetzen, verstehst du, auf eine Insel, genau wie du gesagt hast.«

»Ich verstehe«, sagte ihre Mutter leise, »aber sonst nimmst du keinen meiner Ratschläge an ...«

»So hab' ich das nicht gemeint«, unterbrach Lucy sie rasch. »Ich wollte nur etwas tun, was zählt.«

»Zählt?« Einen Moment war ihre Mutter sprachlos. Sie machte eine hilflose Geste.

»Ja, zählt«, sagte Lucy. »Ich will Entscheidungen treffen ... Dinge verändern. Ich werde doch erwachsen.«

»Um Gottes willen, Lucy. Das ist doch nicht die Art und Weise, in der man erwachsen wird. Ich will, daß du uns niemals wieder anlügst. Und ich will nicht, daß du denkst, wir würden irgendeine Art von Diebstahl gutheißen – nie wieder. Wie konntest du nur!«

Lucys Gesicht glühte. Plötzlich spürte sie, wie ihr der Zorn im Hals hochstieg.

»Ich dachte, es wäre euch egal. Dir ist doch sonst auch alles egal, was ich mache. Dir wäre es am liebsten, ich würde sonstwohin gehen, nur damit ich dich nicht störe!« Ihre Stimme war hoch und dünn.

»Lucy!« Das Gesicht ihrer Mutter verzerrte sich. »Das ist nicht wahr! Wie kannst du es wagen, mir so etwas zu sagen!«

»Warum nicht?« schrie Lucy. »Ich sehe dich ja nie, ich habe keine Brüder und keine Schwestern... Ich bin die ganze Zeit allein. Du kümmerst dich nur um den Verkauf deiner verdammten Häuser!«

»Wie lange denkst du schon so?« fragte ihre Mutter.

»Schon lange«, sagte Lucy trotzig. Endlich hatte sie gesagt, was sie die ganze Zeit in sich hineingefressen hatte.

»Nun, es ist nicht wahr!« rief ihre Mutter.

»Doch, es ist wahr!« schrie Lucy zurück.

»Nach allem, was wir für dich tun, hast du die Frechheit, uns derartig zu beschuldigen!« explodierte ihre Mutter.

»Warum nicht?« schluchzte Lucy. »Du hast doch nie Zeit für mich.«

»Lucy, das verdienen wir nicht.« Ihr Vater schüttelte den Kopf. »Du bestiehlst uns, und dann rechtfertigst du dich damit, indem du behauptest, du seist unglücklich. Das lasse ich nicht gelten.«

»Wir geben dir alles, Lucy ... deine Kleider ... dieses Haus.«

»Es ist das Geld, nicht wahr? Ihr wollt nur Geld machen«, sagte Lucy wütend und drehte sich zu ihrem Vater um.

»Nein, das ist es nicht«, erwiderte Mr. Fernandez.

»Nun, was dann? Warum muß ich immer allein essen?« sprudelte Lucy heraus.

»Es liegt an unserer Arbeit«, sagte ihr Vater. »Daran, was wir tun. Mein Job zwingt mich, viel weg zu sein. Aber schließlich bist du fünfzehn, um Himmels willen. Du bist alt genug, um damit fertig zu werden. Ich dachte, du kannst das verstehen.«

»Nein, kann ich nicht«, erwiderte Lucy heftig. »Und ich will auch nicht. Ich will sein wie alle anderen auch.«

»Du bist nicht anders, Lucy. Du lebst in einer Scheinwelt.« Diese Bemerkung ihres Vaters kam der Wahrheit sehr nahe.

»Nun, mir gefällt sie!« schrie Lucy rücksichtslos.

»Uns nicht ... und ich glaube, dir auch nicht«, meinte ihr Vater und trat auf sie zu.

»Ihr wollt mich nicht verstehen«, sagte Lucy und wich vor ihrem Vater zurück. »Weil das nicht in euren Kram paßt. Ich hasse mein Leben, ich hab' meine beste Freundin verloren ... und ich hasse alles!«

»Lucy!« Beide Eltern bewegten sich auf sie zu.

Beinahe von Tränen erstickt, raste Lucy die Treppe hinauf in die Geborgenheit ihres Zimmers.

Lucy lag auf ihrem Bett, die Arme hinter dem Kopf verschränkt, und starrte an die Zimmerdecke. Es kam ihr vor, als seien Stunden vergangen, seit sie sich aufs Bett geworfen hatte. Sie lag noch immer in derselben Stellung da. Unten redeten ihre Eltern miteinander. Das Gemurmel ihrer Stimmen drang durchs Treppenhaus bis zu Lucys Zimmer herauf.

Lucy hatte das Gefühl, als werde ihr Körper von einer Zentnerlast niedergedrückt. Die Decke über ihr begann sich zu drehen. Sie dachte: Werde ich jemals wieder aufstehen und etwas ganz Normales tun? Sie wußte nicht, was ihre Eltern vorhatten, glaubte, sie schmiedeten unten ein Komplott gegen sie. Ihre Eltern hatten wenigstens einander, nur sie selbst war ganz allein.

Sie konnte die Ungewißheit nicht mehr ertragen, sie mußte herausbekommen, was da vor sich ging. Lucy stand auf und schlich aus ihrem Zimmer. Als sie den Beginn der Treppe erreicht hatte, wurden die Stimmen ihrer Eltern deutlicher. Sie kauerte sich nieder, einen Arm um das Treppengeländer geschlungen. Wenn sie sich ganz still verhielt, konnte sie vielleicht verstehen, was sie sagten ...

»... seit dem Ladendiebstahl«, sagte ihr Vater soeben.

»Aber du weißt, wir haben es versucht, Jeff«, sagte ihre Mutter. »Ich bin am Morgen meistens hier, ich sitze mit ihr beim Frühstück, ich rede mit ihr. Aber manchmal ist es, als würde ich mit einem Türpfosten reden. Sie sitzt einfach da und behauptet, sie müsse früher in die Schule. Ich habe das Gefühl, als wollte sie mich nicht um sich haben.«

Aber ich habe das Gefühl, als wolltest du mich nicht um dich haben, hätte Lucy beinahe geschrien. Sie legte das Kinn auf ihre Knie. Es war komisch, jemand über sich in dieser Weise reden zu hören.

»Ich weiß«, sagte ihr Vater. »Mit mir macht sie es genauso. Aber warum sollte sie sich so darüber aufregen, daß wir nicht daheim sind, wenn sie uns nicht um sich haben will?«

»Oh, Gott«, sagte ihre Mutter, »bei dem Gedanken, daß sie ganz allein in der Karibik sein könnte, wird mir richtig übel. Dort unten werden Mädchen ermordet. Und wir hätten keine Ahnung gehabt ...« Die Stimme ihrer Mutter klang irgendwie erstickt und verlor sich.

Lucys Vater begann zu murmeln: »He, ist schon okay, es ist ja alles gut.« Und Lucy wußte, daß ihre Mutter weinte.

Tränen stiegen ihr in die Augen. Einen Moment sah sie sich allein und verängstigt in einem Hotelzimmer, bedrohliche Schritte auf dem Gang vor ihrer Tür ...

»Weißt du, ich liebe sie wirklich«, fuhr ihre Mutter mit zitternder Stimme fort, »und dann ist sie so abweisend, oder sie dreht ein Ding wie eben jetzt, dann könnte ich ihr den Hals umdrehen. Sie kann einem so auf die Nerven gehen!«

Lucy wurde es unbehaglich zumute. Es war ihr nie in den Sinn gekommen, daß jemand nicht gerne in ihrer Nähe sein könnte. Aber als sie sich so beschrieben hörte, mußte sie insgeheim zugeben, daß das sehr wohl der Fall sein könnte.

»Ja«, sagte ihr Vater. »Nun, wir hatten noch nie eine fünfzehnjährige Tochter, vielleicht liegt es daran.«

Einen Moment glaubte Lucy ihre Mutter kichern zu hören. Daran bemerkte sie, daß sie nicht mehr weinte. Sie konnte hören, wie sich ihre Mutter räusperte und schneuzte.

»Vermutlich ist es das«, sagte sie. »Jeff, ich glaube, wir müssen irgend etwas unternehmen, damit wir mehr zu Hause sein können. Ich möchte nicht nächste Woche heimkommen und feststellen, daß sie nach Paris abgeflogen ist.«

»Ich habe darüber auch schon nachgedacht«, sagte Lucys Vater. »Ich werde mit Dave nächste Woche darüber sprechen, die Reisen einzuschränken. Ich bin ohnehin nicht so scharf darauf. Und es gibt genügend Leute, die mehr Klientenarbeit übernehmen könnten.«

»Das wäre großartig«, sagte Lucys Mutter. »Und nicht nur Lucys wegen. Auch ich vermisse dich, Liebling. Manchmal habe ich das Gefühl, wir verbringen überhaupt keine Zeit mehr miteinander.«

Einen Moment herrschte Stille. Lucy fühlte sich plötzlich viel besser, vielleicht bestand doch noch Hoffnung.

Ihre Mutter fuhr fort: »Eventuell kann ich im Büro eine Regelung treffen, daß wir uns die Kunden aufteilen und ich dadurch einige der Abendtermine loswerde.«

»Okay«, sagte Lucys Vater. »Aber ich finde, wir müssen auch mit Lucy etwas machen. Wir können sie nicht einfach so davonkommen lassen. Sie muß zurückzahlen, was sie hat abbuchen lassen. Vielleicht sollten wir ihr das Taschengeld sperren. Und was hältst du von einem Zapfenstreich?«

Lucy knirschte mit den Zähnen. Sie hatte gehofft, daß es dazu nicht kommen würde.

»Weißt du, manchmal glaube ich, sie begreift nicht, daß man Geld *verdienen* muß«, sagte ihre Mutter. »Wenn sie vielleicht einen Job hätte...«

»Ja«, sagte ihr Vater. »Sie muß das Geld verdienen, um die Rechnung für das Ticket zurückzuzahlen. Und wir sollten noch einige andere Regeln aufstellen...«

Lucy stand auf. Ihre Beine waren steif und gefühllos, aber sie achtete nicht darauf. Sie merkte, daß das Gefühl der Einsamkeit, das sich in ihr angestaut hatte, allmählich dahinzuschmelzen begann. Wie hatte sie nur jemals glauben können, niemand kümmere sich um sie?

Lucy hörte nicht mehr zu. Weshalb war sie so zuversichtlich? Gerade, als sie geglaubt hatte, nichts würde sich jemals ändern, war etwas in ihrem Leben eingetreten, das sie nicht für möglich gehalten hatte. Die Veränderungen gingen vielleicht nicht von heute auf morgen vor sich, aber mit einemmal war sie voller Hoffnung.

Noch etwas ganz Wichtiges mußte getan werden. Ihre Freundinnen waren ihr nicht gleichgültig. Keine von ihnen hatte sie im Stich gelassen, nicht einmal LD. Sie verdienten Ehrlichkeit. Auf Zehenspitzen schlich Lucy in ihr Zimmer und schloß die Tür.

Es war beinahe zehn Uhr. Sie versuchte es zuerst bei LD, aber das Telefon läutete und läutete, ohne daß jemand abhob. Lucy spürte, wie ihr Mut zu schwinden drohte. Das war auch ein ziemlich heikler Punkt. Niemand würde sie nun bewundern. Trotzdem mußte sie es tun. Sie legte auf und wählte Ericas Nummer.

»Hallo«, ertönte Ericas Stimme am anderen Ende.

»Hallo«, flüsterte Lucy.

»Wer ist dran?«

»Erica, ich bin's«, flüsterte Lucy noch einmal.

»Ich kann nichts hören ... jemand flüstert ... Reden Sie doch lauter!«

Lucy holte tief Luft und sagte: »Erica, hier ist Lucy.«

»Lucy!« kreischte Erica. »Heather, Lucy ruft von den Bahamas an!«

»Nein, ich bin hier – zu Hause«, sagte Lucy laut.

Am anderen Ende entstand Schweigen. Lucy konnte sich Ericas Gesicht vorstellen, dicht daneben Heather mit weit aufgerissenen, entsetzten Augen.

»Lucy ... Lucy, bist du das wirklich?« fragte Erica.

»Ja, ich bin's wirklich.«

»Was ist passiert?«

»Ich bin erwischt worden, aber weißt du was? Es ist gar nicht so schlimm«, fügte sie rasch hinzu.

Erica brauchte ein paar Sekunden, um das zu verdauen. Lucy hörte aufgeregtes Flüstern im Hintergrund. Dann war Erica wieder am Telefon.

»Geht es dir gut? Bist du in Schwierigkeiten?«

»Ich bin okay. Ja, es war gräßlich, aber weißt du, ich bin froh, daß ich zu Hause bin.«

»Ist deine Mutter da?« fragte Erica.

»Ja, und mein Vater auch. Er ist früher zurückgekommen, er war es, der mich erwischt hat.«

»LD hat uns von eurem Streit erzählt. Sie war wirklich wütend, aber sie hat sich auch Sorgen um dich gemacht – und wir auch.« Erica hörte sich ein bißchen verärgert an.

»Ich hab' schon versucht, sie anzurufen. Sie ist nicht zu Hause«, sagte Lucy entschuldigend.

»Sie war den ganzen Abend bei uns. Ihr Vater hat sie gerade abgeholt«, sagte Erica.

»Okay, dann versuch' ich's noch einmal.«

»Du mußt morgen unbedingt zu uns rüberkommen und uns alles genau erzählen. Oder hast du Hausarrest?«

»Das weiß ich noch nicht«, sagte Lucy. »Ich ruf' dich morgen wieder an.«

Sie verabschiedete sich und legte auf. Sie wußte, Erica und Heather würden nun die ganze Nacht wach bleiben und über sie reden. Sie wählte LDs Nummer. Schon beim ersten Klingelzeichen wurde abgehoben.

»Hi, LD«, sagte Lucy.

»Lucy, bist du das?« LD klang nicht gerade freundlich, aber auch nicht wirklich ärgerlich.

»Ja, ich bin's«, flüsterte Lucy.

»Was ist passiert? Hast du's zum Flugplatz geschafft?«

»Ja, aber dort bin ich mit meinem Vater zusammengestoßen. Und, LD, ich bin nicht mit Clutch gefahren.«

Am anderen Ende der Leitung herrschte Schweigen.

»LD, mir tut es leid, was ich alles gesagt hab'. Du bist meine beste Freundin. Ich will dich nicht verlieren«, bat Lucy.

»Na, vielleicht war ich ein bißchen unfair. Aber Lucy, ich wollte nicht, daß dir irgend etwas Gräßliches passiert.«

»Ich weiß«, sagte Lucy. »Aber hör zu, ich bin okay,

und ich hab' dir so viel zu erzählen. Du wirst es nicht glauben, aber ich bin heilfroh, daß ich zu Hause bin und nicht auf den Bahamas.«

»Nun, du wärst vermutlich sowieso nicht geflogen.« Es klang beinahe so, als würde LD lächeln.

»Was meinst du damit, ich wäre sowieso nicht geflogen?«

»Wir haben heute abend dein Horoskop gelesen«, sagte LD. »Da stand nichts von einer Reise drin.«